三匹の浪人

藤井邦夫

幻冬舎時代小説文庫

三匹の浪人

目次

第一話　さらば、江戸よ

一

東叡山寛永寺《とうえいざんかんえいじ》は、江戸の北東の上野にあり、江戸第一の大寺である。
寛永二年（一六二五年）に天海大僧正《てんかいだいそうじょう》によって創建された寛永寺は、江戸の鬼門にあって江戸城と将軍家を守護するものとされた。そして、寛永寺門前には下谷広《したやひろ》小路《こうじ》があった。

下谷広小路の周囲には、上野元黒門町《もとくろもんちょう》、上野新黒門町、上野北大門町《きたおおもんちょう》、上野仁王門など幾つかの町があり、参拝客や見物客、遊びに来た人たちで賑《にぎ》わっていた。

賑わいの中に女の甲高い悲鳴があり、人々が一斉に後退《あとずさ》りした。

後退りした人々が恐ろしげに見守る中では、二人の羽織袴《はかま》の武士が刀の柄《つか》を握り締めて睨《にら》み合っていた。

「おのれ。何故、拙者を嘲笑《あざわら》った」

「黙れ、無礼者。その方こそ、某《それがし》に蔑《さげす》みの眼を向けおって。許さん」

「やるか……」

「おお、望む処《ところ》だ」

二人の武士は、刀の柄を握り締めて罵《のの》り合った。

「抜け……」

「貴様こそ、抜け……」

二人の武士は、怒鳴り罵り合いながらも刀を抜かなかった。

「黙れ、臆病者《おくびょうもの》……」

「抜け、卑怯者《ひきょうもの》……」

二人の武士は、刀を抜かずに罵り合い、睨み合うばかりだった。

「いよう、御両人……」

着流しの背の高い総髪の浪人が、芝居をする役者に対するように声を投げ掛けた。

二人の武士は、微《かす》かに狼狽《うろた》えた。

「昼日中の賑わいで、刀を抜こうとは呆《あき》れた方々だ。さあ、やるなら、皆に迷惑が掛からぬ内にさっさと済ませちゃあくれないかな」

総髪の浪人は嗤《わら》った。

所詮《しょせん》、刀を抜いて斬《き》り合う度胸も覚悟もない……。

総髪の浪人は見定めていた。

「そうだ、そうだ。さっさとやっちまえ」

「早くやれ」

「刀を抜く度胸もねえ癖に……」

取り囲んだ者たちも囃し立て、賑やかな笑い声があがった。

二人の武士は、恥ずかしさと怒りに顔を赤く染めて狼狽えた。

「さあて、嘲笑ったの、蔑んだのと、下らぬ事でどうでも斬り合おうってのなら、私が終わらせてやってもいいぞ」

総髪の浪人は、二人の武士に笑い掛けた。

「お、おのれ……」

武士の一人は熱《いき》り立ち、総髪の浪人に斬り掛かった。

総髪の浪人は、武士の斬り込みを躱《かわ》し、腕を取って鋭い投げを打った。

投げられた武士は、宙を舞って地面に激しく叩《たた》き付けられた。

土埃《つちぼこり》が舞い上がった。

武士は苦しく呻《うめ》き、無様な恰好《かっこう》で気を失った。

取り囲んでいた者たちは、無様に気を失った武士を指差して嗤った。

「さあて、おぬしはどうする」

総髪の浪人は、残った武士に笑顔で尋ねた。

残った武士は怯《おび》え、後退りをしながら身を翻して逃げた。

取り囲んでいた者たちは、二人の武士を嗤い、総髪の浪人に拍手喝采をした。

「いや。それほどでもない……」

総髪の浪人は照れた。

不忍池《しのばずのいけ》には蓮《はす》の花が咲き始めていた。

総髪の浪人は、不忍池の畔《ほとり》に佇《たたず》んで大きく背伸びをし、背後を振り返った。

「私に何か用かな……」

総髪の浪人は、木陰に声を掛けた。

質素な形《なり》の中年女が木陰から現れた。

総髪の浪人は、下谷広小路から尾行《つけ》て来た中年女に気付いていた。

「は、はい。無礼な真似《まね》とは重々承知しておりますが、お願いがございまして後を追って参りました」

中年女は、哀《かな》しげな面持ちで総髪の浪人を見詰めた。その顎《あご》の左には、小さな黒子《ほくろ》があった。

「お願いとな……」

総髪の浪人は戸惑った。

「はい。お願いです。夫を助けて下さい……」

中年女は、その場にしゃがみ込んで嗚咽《おえつ》を洩《も》らした。

「ど、どうした……」

総髪の浪人は、しゃがみ込んで嗚咽を洩らす中年女に戸惑った。

畔を行き交う者たちが、総髪の浪人と中年女を興味深げに一瞥《いちべつ》し、薄笑いを浮べて囁《ささや》き合った。

「分かった。先ずは詳しい話を聞かせてくれ」

総髪の浪人は、嗚咽を洩らす中年女に慌てて告げた。


不忍池の畔の茶店に客はいなかった。

総髪の浪人は、中年女を茶店に伴った。

「いらっしゃいませ」

茶店の老婆が迎えた。

「邪魔するぞ。婆さん、茶を二つだ」

総髪の浪人は、縁台に腰掛けながら茶を頼んだ。

「はい。只今……」

老婆は、茶店の奥に茶を淹《い》れに行った。

「さあて、私は浪人の立花右近《たちばなうこん》。そなたの名は……」

総髪の浪人は名乗った。

「はい。おしずと申します」

中年女は頭を下げた。

「おしずか。で、夫を助けてくれとは……」

「はい。実は十日前、浪人の夫が辻《つじ》強盗の罪を着せられてお縄になったのでございます」

おしずは涙を拭《ぬぐ》った。

「無実の罪でお縄に……」

「はい。逃げた辻強盗の人相風体《ふうてい》が夫に似ていると……」

「それは大変だな」

右近は眉《まゆ》を顰《ひそ》めた。

「はい。それで死罪のお裁きを下され、明後日、鈴ケ森で打ち首に……」

「辻強盗が無実だと云う証《あかし》はあるのか……」

「はい。辻強盗が出た夜、夫は私と一緒におりました。ですが、お上は女房の私の云う事は信用出来ないと……」

「信じて貰《もら》えなかったのか……」

右近は同情した。

「はい。幾ら貧乏でも、夫は他人様《ひと》を殺《あや》めてお金を取るような真似は致しません。それなのに……」

おしずはすすり泣いた。

「して、おしず、私に助けてくれとは……」

「辻強盗が出た夜、一緒にいたとお上に証言して戴《いただ》きたいのです」

「成る程、私が亭主の無実を証明する証人になるのか……」

「はい。如何《いかが》でございましょう」

「証人か……」

「はい。この通り、お願いにございます」

おしずは、深々と頭を下げた。

「分かった。その証人、引き受けよう」

右近は頷いた。

「まことにございますか」

おしずは、顔を嬉《うれ》しげに輝かせた。

「うむ。任せておけ……」

右近は、大らかに笑った。


神田明神門前の盛り場は、酔客たちで賑わっていた。

場末の居酒屋は、酒を飲む雑多な客と酌婦たちで賑やかに盛り上がっていた。

徳利と丼が、甲高い音を鳴らして割れた。

「何だと、この野郎」

「やるか……」

博奕打《ばくち》ちと浪人が、怒声をあげて喧嘩を始めた。

博奕打ちが殴られ、飯台諸共倒れ込んだ。

酌婦たちが黄色い悲鳴をあげた。

「野郎……」

博奕打ちの仲間が、浪人に摑《つか》み掛かった。

同時に浪人の仲間が、博奕打ちたちに襲い掛かった。

乱闘が始まり、博奕打ちや浪人の他に人足や職人たちが巻き込まれた。

酒が飛び散り、目刺しや煮物が飛び交った。

酌婦は悲鳴をあげて逃げ惑い、店の亭主は必死に止めようとした。だが、亭主は突き飛ばされて、隅で居眠りをしていた若い浪人に倒れ込んだ。

「なんだ……」

若い浪人は眼を覚まし、繰り広げられている乱闘に戸惑った。

「親父、何の騒ぎだ」

「喧嘩ですよ。喧嘩……」

「へえ、御苦労な話だな」

若い浪人は、徳利の底に僅《わず》かに残った冷えた酒を飲んだ。

「お侍、喧嘩を止めてくれたら酒代只《ただ》にするぞ」

「只。親父、本当か……」

若い浪人は、眼を僅かに光らせた。

「ああ。本当だ。只だ」

「喧嘩を止めれば、酒代は只か……」

「ああ。それに徳利が二本だ」

「徳利が二本。ようし、引き受けた」

若い浪人は嬉しげに舌嘗《したな》めずりをし、立ち上がって傍らに置いてあった胴田貫《どうたぬき》を腰に差した。

「よし……」

若い浪人は、長い髪を束ねた髷《まげ》を揺らして肩や手足を動かした。

骨が鳴り、薄汚れた着物と袴から埃が舞い上がった。

乱闘は続いていた。

「いい加減に止《や》めろ」

若い浪人は、床に転がっていた擂粉木《すりこぎ》と鍋《なべ》の蓋《ふた》を手にして怒鳴った。だが、乱闘は治まる気配を見せなかった。

「ならば行くぞ」

若い浪人は、乱闘を繰り広げている博奕打ち、浪人、人足、職人たちの中に飛び込んで擂粉木を唸《うな》らせた。

博奕打ち、浪人、人足、職人たちは、擂粉木に打ちのめされて頭を抱えて蹲《うずくま》った。

若い浪人は、博奕打ちの殴り掛かる拳《こぶし》を鍋の蓋で防ぎ、擂粉木で打ちのめした。

居酒屋は家鳴りし、壁は崩れ、天井は傾き、柱は曲った。

若い浪人は、縦横無尽に動き廻って乱闘を繰り広げていた博奕打ち、浪人、人足、職人たちを叩きのめした。

博奕打ち、浪人、人足、職人たちは、悲鳴をあげて次々に店の外に逃げ出した。

乱闘は漸《ようや》く終わった。

居酒屋の中には、二、三人の博奕打ちと浪人が気を失って倒れているだけだった。

「親父、終わったぞ」

若い浪人は、擂粉木と鍋の蓋を置いて額に滲《にじ》んだ汗を拭った。


「お強いんですねえ……」

年増《としま》の酌婦は、色っぽく笑いながら若い浪人に酌をした。

「いや。それ程でもない」

若い浪人は、照れながら年増の酌婦の酌を受け、美味《うま》そうに飲んだ。

「美味い。一働きをした後の酒は格別だな」

若い浪人は、楽しそうに笑った。

「旦那《だんな》、私はおつや。旦那は……」

年増の酌婦はおつやと名乗り、若い浪人の名を尋ねた。

「俺か。俺は夏目《なつめ》平九郎《へいくろう》だ」

若い浪人は名乗った。

「夏目の旦那ですか……」

「ああ」

「夏目の旦那、ちょいとお願いがあるんですけどね」

おつやは、色っぽく科《しな》を作って平九郎に笑い掛けた。顎の左に小さな黒子があった。

「お願いだと……」

「ええ。お願い……」

おつやは、平九郎の腕を取って胸を押し付けながら囁いた。

「うん。何かな、お願いとは……」

平九郎は、伸びる鼻の下を猪口《ちょこ》で隠しながら酒を飲んだ。

「さあて、これに取り出《いだ》したるは、房州《ぼうしゅう》砂入りの歯磨き粉。これを使えば歯はこれこの通りに真っ白……」

歯磨き売りは、己の歯を剝《む》いて見せた。

「薦《こも》っ被《かぶ》りも歯が白ければ一人前。歯磨きを使わないのは田舎者《いなかもの》。四代目の菊五郎《きくごろう》も御愛用の歯磨き粉。さあ、粋《いき》な兄さん姐《ねえ》さん、買わないか……」

歯磨き売りは、日本橋の袂《たもと》に店を開き、見物人に囲まれて威勢良く啖呵《たんかう》売りをしていた。

「恋しい御方のその前でにっこり笑ったその歯が真っ黒。それじゃあ色気も恋も興《きょう》醒《ざ》めだ。にっこり笑えばその歯もぴっかり、あーら、綺麗、爽《さわ》やか、凜々《りり》しいと恋しい御方がうっとりするのは間違いなし。さあ、房州砂入りの歯磨き粉。江戸の皆さまには一袋たったの五十文。さあ、買わないか……」

歯磨き売りは、弁舌爽やかな啖呵を切って歯磨き粉を売り込んだ。

「兄さん、一つ頂戴《ちょうだい》な」

若い娘は、五十文を差し出した。

「こいつはどうも。娘さん、これから言い寄る男がぐんと増えて大忙しだ」

歯磨き売りは煽《あお》り立てた。

「私も頂戴……」

「俺も貰うぜ」

若い女や男が、歯磨き売りに一斉に群がった。

「はいはい。只今、只今。順番に……」

歯磨き売りは、白い歯を見せて歯磨き粉を売り捌《さば》いた。


「はい。二百文……」

歯磨き売りは、最初に歯磨き粉を買った若い娘に二百文を渡した。

「確かに。じゃあね」

若い娘は、渡された二百文を持って裏路地から立ち去った。

「大儲《おおもう》け、大儲け……」

歯磨き売りは、歯磨き粉を売り捌いた金を数え始めた。

「桜を使って大儲けかい……」

裏路地の入口に、顎の左に黒子があり、髪を櫛巻《くしま》きにした粋な形の年増がいた。

「えっ……」

歯磨き売りは狼狽えた。

「見せて貰ったよ。桜を使っての啖呵売り」

「姐さん、そいつは何の事だい。妙な言い掛かりは止めてくれ」

歯磨き売りは惚《とぼ》けようとした。

「いいのかい。畏《おそ》れながらとお上に訴え出ても……」

年増は脅した。

「姐さん、そいつは拙《まず》いぜ。どうだい一朱《いっしゅ》で手を打たねえかい」

歯磨き売りは、腹立たしげに買収しようとした。

「お金なんかいらないよ」

年増は苦笑した。

「金はいらねえ……」

歯磨き売りは戸惑った。

「ええ。その代わり、ちょいと手伝って貰いたい事があってねえ」

「手伝う……」

「私はおちょう。兄さんは……」

「俺は霞源内《かすみげんない》。おちょう、手伝いってのは金になるのかな」

「お金かい……」

「ああ。何事も金があっての世の中だ」

「じゃあ、二両でどうだい」

「二両……」

源内は、思わず舌嘗めずりをした。

「ええ……」

おちょうは頷いた。

「よし、引き受けた」

源内は、胸を叩いた。

引廻しの一行は、小伝馬町《こでんまちょう》の牢《ろう》屋敷を出て日本橋に向かった。

裸馬に乗せられた罪人は、後ろ手に縛られて瞑目《めいもく》していた。

一行の先頭には名前、年齢、罪状などを書いた捨札持《すてふだもち》が立ち、抜き身の槍持《やりもち》、道具持、横目《よこめ》、検使同心たちが裸馬に乗せられた罪人を取り囲んでいた。

引廻しは、日本橋、両国、筋違御門《すじかいごもん》、四谷御門、赤坂御門を通り、品川鈴ヶ森の刑場に向かう。

道筋に集まった人々は、罪人を恐ろしげに見上げて囁き合った。

瞑目している罪人は、厳しい責めにあったのか窶《やつ》れ果てていた。

引廻しの一行は鈴ヶ森に進んだ。


立花右近は、引廻しの一行が休息を取る寺の門前にいた。

「遅いな、おしず……」

右近は、引廻しの罪人である加納弥十郎《かのうやじゅうろう》の女房おしずの来るのを待っていた。

おしずは中々やって来なかった。

右近は、おしずと共に引廻しの一行に加納弥十郎の無実を訴え、処刑の中止を願い出る手筈《てはず》だ。

引廻しの一行がやって来る時が近付いた。

「遅い。何かあったのかな……」

右近は、やって来ないおしずの身を心配した。

引廻しの一行が来たら騒ぎを起こす……。

夏目平九郎は、酌婦のおつやにそう頼まれ、引廻しの一行が休息を取る寺の土塀の陰にいた。

「来ねえな、おつや……」

平九郎は、おつやが来ないのに苛立《いらだ》った。

引廻しの一行に騒ぎが起きたら煽り立てて混乱させる……。

霞源内は、櫛巻きのおちょうにそう頼まれ、引廻しの一行が来るのを斜向《はすむ》かいの家の陰から待っていた。

「煽り立てるだけで二両の儲けか……」

源内は、舌嘗めずりをした。

「それにしてもおちょうの奴、ちゃんと二両払ってくれるんだろうな……」

源内は、来ないおちょうの身より二両の金を心配した。

行き交う人たちが左右に分かれ、引廻しの一行が来るのが見えた。

来た……。

立花右近、夏目平九郎、霞源内は、引廻しの一行が来るのに気付いた。

右近は、辺りにおしずを捜した。だが、おしずの姿は何処《どこ》にも見えなかった。

おしずはどうした……。

右近は困惑した。

引廻しの一行は近付いて来た。

二

行き交う人々は左右の家並みの軒下に入り、やって来た引廻しの一行を恐ろしげに見守った。

「待て、待て……」

立花右近は、引廻しの一行の前に飛び出した。

「おのれ、狼藉者《ろうぜきもの》……」

検使同心や横目たち役人が、一行の前に進み出て身構えた。

「慌てるな。私は立花右近、それなる加納弥十郎の無実を証明しに参上した」

右近は大声で告げた。

「黙れ、加納弥十郎は既に罪を認め、引廻しの上、死罪との仕置が下されている」

加納弥十郎は、窶れた顔に微かな苦笑を過《よ》ぎらせた。

「いや。加納弥十郎は、辻強盗を働いたとされている夜、私と酒を飲んでいたのだ。だから、辻強盗など出来る筈はなく、無実だ」

右近は、懸命に訴えた。

「黙れ狼藉者。引廻しの邪魔立てするな」

検使同心が右近に打ち掛かった。

「待て、慌てるな」

右近は、打ち掛かった検使同心を咄嗟《とっさ》に投げ飛ばした。

見守っていた人たちが響《どよ》めいた。

「おのれ……」

役人たちは、右近に襲い掛かった。

「待て、待てと申すに……」

右近は、襲い掛かる役人たちに応戦しながら叫んだ。

「退《ど》け、退け」

夏目平九郎が、見守る人々を蹴散《けち》らすような勢いで現れて役人を叩きのめした。

右近は戸惑った。

平九郎は、役人たちを殴り、蹴り、投げ飛ばして猛然と暴れた。

騒ぎは一段と激しくなった。

「引廻し破りだ。引廻し破りだ」

霞源内は、煽り立てながら役人たちを蹴散らした。

役人たちは、右近、平九郎、源内を捕らえようとした。

馬の嘶《いなな》きが響いた。

右近、平九郎、源内、役人たちは振り返った。

若衆《わかしゅ》姿の女が、加納弥十郎の乗せられた裸馬に乗っていた。

「おしず……」

右近は眼を瞠《みは》った。

「おつや……」

平九郎は戸惑った。

「おちょう……」

源内は呆然《ぼうぜん》とした。

若衆姿の女は、加納弥十郎を乗せた裸馬を走らせた。

裸馬は嘶き、若衆姿の女と加納弥十郎を乗せて猛然と走り去った。

「追え、追え」

検使同心が叫んだ。

捨札持、抜き身の槍持、道具持たちが追った。

「おのれ……」

検使同心や横目たちは、駆け付けて来た役人たちと、右近、平九郎、源内に殺到した。

「これ迄《まで》だ……」

右近は、役人たちを蹴散らして逃げた。

「俺も行くぞ」

平九郎が続いた。

「ま、待ってくれ」

源内は、懐《ふところ》から出した物を投げ付けた。

検使同心、横目、役人たちは一斉に伏せた。

投げ付けた物は大福餅《だいふくもち》であり、見守っていた人たちは笑い転げた。

右近、平九郎、源内は逃げ去った。


盗賊夜烏《よがらす》の弥十郎一味の手配書は、江戸中の高札場《こうさつば》、自身番《じしんばん》、木戸番屋に貼《は》り出された。

手配書には、夜烏の弥十郎と配下の者として立花右近、夏目平九郎、霞源内の似顔絵も描かれていた。

右近、平九郎、源内は、盗賊夜烏の弥十郎の配下の盗賊としてお尋ね者にされた。

風が吹き抜け、外濠《そとぼり》には小波《さざなみ》が走っていた。

尾張徳川家の江戸上屋敷は、外濠に架かる市谷御門と四谷御門の間にあった。

その広大な尾張藩江戸上屋敷の裏手に崩れ掛けた空き家があった。

立花右近、夏目平九郎、霞源内は、追手の役人たちを振り切って崩れ掛けた空き家に逃げ込んだ。

「盗賊夜烏の弥十郎の配下か。成る程、如何《いか》にも悪党面に描かれているな……」

立花右近は、手配書に描かれた己の似顔絵に苦笑した。

「笑っている場合か、お尋ね者にされたのだぞ、お尋ね者に……」

夏目平九郎は、苛立ち、怒鳴り散らした。

「それで、あの女だけどさ……」

霞源内は、江戸の町を駆けずり廻って手配書やいろいろな情報を手に入れて来た。

「おしずか……」

「おつやか……」

右近と平九郎は、それぞれ教えられた名を腹立たしげに告げた。

「俺にはおちょうって云ったけどさ」

源内は苦笑した。

「で、そのおつやがどうしたんだ」

平九郎は苛立った。

「うん。あの女、夜烏の弥十郎の情婦《おんな》で、七化けのおりんって女盗賊だそうだぜ」

源内は告げた。

「何が七化けのおりんだ。誑《たぶら》かしおって……」

平九郎は、おつやの胸の膨らみの感触を思い出していた。

「ま、何《いず》れにしろ私たちは、まんまと騙《だま》されたと云う訳だ」

右近は、己を嘲笑った。

「で、どうするの。このままじゃあ、俺たちは夜烏一味の盗賊。江戸にいられねえぜ」

源内は、竹籠《たけかご》の中から貧乏徳利を取り出し、欠け茶碗に酒を注《つ》いで飲んだ。

「捕まえてくれる。夜烏の弥十郎と七化けのおりんを捕まえて町奉行所に突き出し、自分が盗賊ではないと証明するんだ」

平九郎は、源内から貧乏徳利を取って欠け茶碗に酒を注ぎ、喉《のど》を鳴らして飲んだ。

「でも、何処にいるかも分からねえのにどうやって捕まえるんだい」

源内は、冷ややかに尋ねた。

「そ、それは捜す。江戸中を捜し廻り、必ず見付け出して捕まえてやる」

平九郎は熱り立った。

「ま、身の潔白を認めさせるには、おぬしの云う通り、夜烏の弥十郎と七化けのおりんを捕まえるしかあるまいな」

右近は、欠け茶碗に酒を注いで飲んだ。

「だろう……」

平九郎は、右近の同意を得て源内を鼻の先で笑った。

「だけど、どうやって捜すんだ。俺たちは手配書を廻されているお尋ね者だぞ」

源内は眉を顰めた。

「おのれ、さっきからああだこうだと文句ばかりを云いおって。何だお前は……」

平九郎は苛立った。

「お、俺は万屋《よろずや》稼業の霞源内だ。お前こそ何処の何者だ」

「俺は天下の素浪人、夏目平九郎だ」

源内と平九郎は怒鳴り合った。

「まあまあ、落ち着け。騙されて盗賊の片棒を担がされた者同士、いがみ合っている場合じゃあないぞ」

右近は、二人に穏やかに笑い掛けた。

源内と平九郎は、気勢を削《そ》がれたように酒を飲んだ。

「霞源内と夏目平九郎か。私は立花右近だ」

三人は名乗り、酒を飲んだ。

「まったく、こんな筈じゃあなかったのになあ……」

源内はぼやいた。

「ああ……」

平九郎は、腹立たしげに頷いた。

「では、どんな風になる筈だったのだ」

右近は尋ねた。

「そりゃあもう……」

「一軍を動かす侍大将だ」

平九郎は、源内を遮った。

「ほう。侍大将か……」

右近は微笑《ほほえ》んだ。

「ああ……」

平九郎は胸を張った。

「お前、おかしいんじゃあねえのか、戦もねえのに何が侍大将だ」

源内は呆れた。

「ならば、お前は何だ」

「決まっているじゃあねえか、今時はお大尽だよ。お大尽」

「お大尽だと……」

平九郎は眉をひそめた。

「ああ。戦のねえ泰平の世の中、金持ちが一番なんだよ」

源内は、平九郎を嗤った。

「そうか、侍大将にお大尽か……」

右近は、感心したように頷いた。

「おぬしは何だ。浪人のままで良い訳じゃあるまい」

平九郎は、右近に尋ねた。

「私か、私は隠居だ」

「その若さで隠居……」

源内は戸惑った。

「うむ。私は弟に家督を譲った隠居の身だ」

右近は告げた。

「何やら訳がありそうだな」

平九郎は、探る眼差しを右近に向けた。

「まあな。で、私は隠居の身で結構だ」

右近は、屈託なく笑った。

「御隠居に時代後れの大将か……」

源内は、吐息を洩らした。

「黙れ、金の亡者の万屋が……」

平九郎は酒を呷《あお》った。

「それにしても、此《こ》のまま此処《ここ》に隠れ住み続ける訳には参らぬ。やはり、大将の云う通り、夜烏の弥十郎と七化けのおりんを捕らえ、身の潔白を証明しなければならぬな」

右近は眉を顰めた。

「そうだろう。で、どうする御隠居……」

「先ずは二人の居場所を突き止めなければならぬが、万屋、何か手立てはないか……」

「まあ、相手は盗賊。先ずは裏渡世の物知りに探りを入れてみるしかないな」

「裏渡世の物知り……」

「ああ、噂《うわさ》や評判を集めていてね。盗賊や博奕打ちの動きに詳しい親父だぜ」

「よし。では、その辺から探ってみるか……」

右近は決めた。


日本橋東堀留川に架かる親父橋の袂、堀江町四丁目の外れに古い居酒屋はあった。

「あの店か……」

右近は、目深に被っていた塗笠《ぬりがさ》をあげた。

「ああ。仙八《せんぱち》って親父が元盗人でな。裏渡世の物知りだ」

「よし……」

平九郎は、深編笠を取ろうとした。

「大将、お前じゃあ駄目だ」

「何い……」

「仙八の親父は、お前のようながさつな乱暴者が嫌いでな。臍《へそ》を曲げたら口も利かねえ」

「だったら万屋、お前が行って訊《き》いて来い」

「俺、俺は駄目だ」

「駄目、どうしてだ」

「酒の付けが溜《たま》っているんだよ」

源内は、憮然《ぶぜん》とした面持ちで告げた。

「よし。分かった。ならば私が行こう」

右近は苦笑した。

「邪魔するぞ」

右近は、塗笠を目深に被ったまま居酒屋に入った。

「お侍さん、店は未《ま》だでしてね。出直しておくんなさい」

店の掃除をしていた老亭主が、申し訳なさそうに右近に告げた。

「おぬしが此の店の主の仙八か……」

「なんだい、お侍さん……」

仙八は、眼差しを鋭く一変させて右近を見詰めた。

「いや。おぬしが裏渡世の物知りだと聞いてな。それでやって来た」

「お侍……」

「どうだ。金はないのだが、教えて貰えるかな」

右近は、塗笠を取って仙八に屈託のない笑顔を向けた。

「金はない……」

仙八は眉を顰めた。

「そうだ。無一文でな」

「金はなくても訳はありますかい……」

「ま、そんな処だ」

「で、何を聞きたいんですかい」

仙八は苦笑した。

苦笑には、知っていれば教えると云う含みがあった。

「すまぬな。して、訊きたいのは、夜烏の弥十郎と七化けのおりんの事だ」

「お侍、ひょっとしたら、夜烏と七化けに嵌《は》められた浪人さんですかい……」

仙八は、夜烏の弥十郎が引廻しから逃げた経緯《いきさつ》を知っていた。

「面目ないが、そんな処だ」

右近は苦笑した。

「そいつは災難でしたね」

仙八は同情した。

「それにしても、俺たちが嵌められたのが良く分かったな」

「そりゃあもう。夜烏一味に浪人はいませんし、裏渡世に命懸けで引廻しを邪魔しようなんて奇特な奴はおりませんからね」

「成る程。して、夜烏の弥十郎と七化けのおりん、今何処にいるのか知っているか……」

「そいつは知りませんよ」

仙八は、あっさり答えた。

「知らぬか……」

「ええ。ですが、夜烏一味の手下が何処にいるか知っていますよ」

仙八は笑った。

「おお、そいつは何と云う者で何処にいる」

右近は、身を乗り出した。


夜烏の弥十郎の手下の名は常吉《つねきち》、本所《ほんじよ》回向院《えこういん》門前の茶店にいる。

「よし。早速行って締め上げてくれる」

平九郎は意気込んだ。

本所回向院は、大川に架かる両国橋を渡った処にあった。

「うむ。だが、顔を隠した三人が一緒に行けば何かと目立つ……」

右近は塗笠、平九郎は深編笠、源内は手拭《てぬぐい》の頬被《ほおかむ》りに菅笠《すげがさ》を被って顔を隠していた。

「それ故、別々に回向院門前の茶店に行こう」

右近は指示した。

「心得た」

平九郎は、足早に両国広小路に向かった。

「あらまあ、張り切っちゃって。じゃあ御隠居、俺も行くぜ」

源内は、頬被りの手拭で顔を隠し、辺りを警戒しながら平九郎に続いた。

「うむ……」

右近は、苦笑しながら続いた。


本所回向院は、両国橋を渡って元町を抜けた処にあった。

平九郎は、回向院門前に茶店を探した。

茶店はあった。

平九郎は、物陰から茶店を覗《のぞ》いた。

茶店には、回向院に墓参りに来たと思われる老夫婦が茶を飲んでおり、前掛をした中年女が相手をしていた。

平九郎は、茶店の奥を窺《うかが》った。

薄暗い奥に男の姿が僅かに見えた。

夜烏一味の常吉かもしれない……。

平九郎は、確かめようと茶店を訪れた。

「邪魔をするぞ」

平九郎は、深編笠を取って縁台に腰掛けた。

「いらっしゃいませ」

中年女は、平九郎を迎えた。

「茶を頼む……」

平九郎は、中年女に茶を頼みながら薄暗い奥を透かし見た。

薄暗い奥には中年男がいた。

「お前さん、お茶を一つ……」

中年女は、中年男に告げた。

亭主か……。

平九郎は、中年男の顔を見定めようとした。

「お代、置いておきますよ」

老夫婦は、茶代を置いて茶店を出て行った。

「ありがとうございました」

中年女は、奥から出て来て立ち去って行く老夫婦を見送り、湯呑《ゆのみ》茶碗を片付けて奥に戻って行った。

「お待たせいたしました」

中年男が、入れ替わるように奥から茶を持って来た。

「うん……」

平九郎は、茶を置く中年男の顔を見た。

「何か……」

中年男は、怪訝《けげん》に平九郎を見返した。

「いや。別に……」

平九郎は、取り繕うように茶を飲んだ。

茶は熱かった。

平九郎は、狼狽えながらも熱い茶を必死に飲み込んだ。

中年男は、眉を顰めて奥に戻ろうとした。

「ま、待て……」

平九郎は慌てた。

「はい」

「お前、名は常吉か……」

平九郎は尋ねた。

「いえ。手前は友吉《ともきち》と申しますが……」

中年男は、微かな緊張を過ぎらせた。

「友吉……」

「はい。常吉さんとは……」

「ああ、回向院門前の茶店にいると聞いて来たのだが……」

「そうですか。茶店は他にもございますので、はい……」

「そうか……」

平九郎は頷いた。

友吉と名乗った中年男は、茶店の奥に戻って行った。

「大将、野郎が常吉か……」

源内が現れ、囁いた。

「いや。常吉かと訊いたら友吉だった」

「馬鹿だね、馬鹿だね。本人だったら、はいそうですと云う訳ねえだろう」

源内は、茶店の奥を覗いた。

中年男は、既に奥にいなかった。

「くそ……」

源内は、素早く裏手に走った。

「どうした。万屋……」

平九郎は戸惑い、源内に続こうとした。

「待て……」

平九郎は振り返った。

町奉行所の同心と岡っ引たちがいた。

平九郎は、思わず狼狽えた。

「おのれ、夜鳥一味の盗賊だな」

同心は叫び、平九郎に十手で打ち掛かった。

三

平九郎は、十手で打ち掛かった同心を咄嗟に躱した。

同心は勢い余って倒れ、土埃が舞い上がった。

下っ引が呼子笛《よぶこぶえ》を吹き鳴らした。

平九郎は、慌てて逃げようとした。

「待ちやがれ」

岡っ引は、逃げる平九郎に飛び掛かって羽交い締めにした。

「離せ、この野郎」

平九郎は、羽交い締めをする岡っ引を振り払おうとした。

岡っ引は、懸命にしがみついた。

同心が、羽交い締めにされた平九郎に正面から殴り掛かった。

平九郎は同心を蹴飛ばし、羽交い締めをしていた岡っ引を投げ飛ばした。

下っ引の吹く呼子笛の音が、本所の空に甲高く鳴り渡り続けた。

自身番の者たちや木戸番、野次馬たちが駆け寄って来た。

平九郎は狼狽えた。

「お尋ね者だ。盗賊一味のお尋ね者だ」

下っ引は血相を変え、必死に怒鳴った。

「お尋ね者だと……」

野次馬の中にいた若侍たちが、平九郎の前に立ち塞《ふさ》がった。

「違う。俺は盗賊などではない」

平九郎は、若侍たちに怒鳴った。

「黙れ。方々、お尋ね者をお縄にすれば、お上から褒美が出ますぞ」

同心は、若侍たちに叫んだ。

「心得た。おのれ、盗賊……」

若侍たちは刀を抜いた。

野次馬たちが響めき、後退りした。

「やるか……」

平九郎は怒鳴り、胴田貫の柄を握って抜き打ちに構えを取った。

若侍たちは、刀を煌《きら》めかせて平九郎に殺到した。

平九郎は、抜き打ちの一刀を閃《ひらめ》かせた。

斬り掛かった若侍の刀は、甲高い音を立てて二つに折れて飛んだ。

若侍は驚き、その場に尻餅《しりもち》をついた。

「この糞餓鬼《くそがき》共が、次は首を斬り飛ばしてくれる」

平九郎は、胴田貫を振り翳《かざ》した。

若侍たちは怯《ひる》み、後退りした。

次の瞬間、平九郎は身を翻して野次馬に向かって走った。

野次馬は、悲鳴をあげて道を開けた。

「退け、退け……」

平九郎は、胴田貫を振り廻して野次馬の開けた道を駆け抜けた。

「追え……」

同心と岡っ引たちが、呼子笛を吹き鳴らしながら追った。

野次馬の中にいた右近は、苦笑しながら後に続いた。

両国広小路には見世物小屋や露店が連なり、見物客や行き交う人で賑わっていた。

両国橋を渡った常吉は、広小路の雑踏を抜けて神田川沿いの柳原通りを足早に西に向かっていた。

源内は、充分に距離を取って慎重に尾行た。

常吉は、茶店で平九郎を誤魔化して裏口から逃げた。

裏に廻った源内は、裏口から出て行く常吉の後ろ姿を辛うじて見た。

「がさつ野郎が。云わねえことはねえ……」

源内は、平九郎の迂闊《うかつ》さを罵りながら常吉を追った。

常吉は、夜鳥の弥十郎と七化けおりんの潜んでいる処に行く……。

源内は、そう睨んで常吉を追って来た。

常吉は、神田川に架かる新《あたら》シ橋と和泉橋の南詰《みなみづめ》を抜けて尚も西に進んだ。

源内は尾行た。

平九郎は、回向院の門前から横網町に逃げて大川端に出た。

同心と岡っ引たちは、執念深く平九郎を追って来た。

「しつこい野郎共だ」

平九郎は大川端を逃げた。

新手の同心たちが、行く手から駆け付けて来た。

平九郎は挟まれた。

「おのれ……」

平九郎は焦った。

北と南に同心と岡っ引たち、西に大川、東に伊勢国津藩江戸下屋敷の土塀が続いている。

逃げ場はない……。

平九郎は進退窮まった。

同心たちは迫って来る。

最早、これ迄……。

平九郎は、大川に身を翻した。

水飛沫《みずしぶき》が煌めいた。

同心たちは驚いた。

平九郎は、水飛沫が治まっても大川の流れから浮んでこなかった。

「舟だ、舟を呼んで来い」

同心たちは慌てた。

平九郎は、息を止めて潜ったまま大川を流された。

両国橋の橋脚の傍《そば》を流され、本所竪川との合流地に差し掛かった。

平九郎は、息止めの限界を迎えて流れに顔を出した。そして、水を吐いて噎《む》せ返った。

「おう。無事だったか……」

平九郎は、右近の声に戸惑った。

傍に来た猪牙舟《ちよき》には、右近が苦笑を浮べて乗っていた。

「御隠居か……」

平九郎は、安堵《あんど》の面持ちで猪牙舟の船縁《ふなべり》に摑まった。

「さあ、あがれ、大将……」

右近は、平九郎の帯を掴んで猪牙舟に引き摺《ず》りあげた。

「助かった……」

平九郎は、猪牙舟の船底に大の字になって息をつき、空を見上げた。

空は、眩《まぶ》しい程に蒼《あお》かった。

「良い空だ……」

平九郎は、役人たちに追われていたのを忘れたかのように長閑《のどか》な笑みを浮べた。

右近は、苦笑しながら船頭に行き先を指示した。


外濠に架かる四谷御門は、麹町《こうじまち》十丁目と十一丁目の間にあった。

常吉は、四谷御門前の往来を西に進み、四谷大木戸近くの寺の山門を潜《くぐ》った。

此処か……。

源内は見届けた。

寺は引廻しから逃げた処に近く、逃げ込むには容易な処だ。そして、右近、平九郎、源内が逃げ込んだ尾張徳川家江戸上屋敷裏の崩れ掛けた空き家からも遠くはなかった。

盗賊の夜烏の弥十郎と七化けのおりんは、此の寺に潜んでいるのかもしれない。
源内は、寺の様子を窺った。
寺の山門には、『霊光山　長興寺』の扁額が掲げられており、境内《けいだい》に人はいなかった。
忍び込む……。
源内が長興寺に忍び込もうとした時、庫裏《くり》から寺男が出て来た。
源内は、慌てて隠れた。
寺男は、鋭い眼差しで境内を見廻し、山門の外も窺った。
常吉を尾行して来た者がいるかどうか、見定めようとしている。
源内は、長興寺が盗賊の夜烏一味と拘《かか》わりがあると見定めた。
寺男は、源内に気付かず、庫裏に戻った。
源内は境内に入り、植込み伝いに庫裏に忍び寄った。

囲炉裏に掛けられた鉄瓶《てつびん》からは、湯気が立ち昇っていた。
「茶店の親父に茶ってのも、芸のねえ話だがな……」

寺男は、框《かまち》に腰掛けていた常吉に茶を差し出した。

「こいつはありがてえ」

常吉は茶をすすった。

「本所からだ。ま、喉を潤してくんな」

「俺の淹れる茶より、美味えぜ」

常吉は苦笑した。

「そいつは何よりだ」

「常吉……」

肥《ふと》った住職が奥から出て来た。

「はい……」

常吉は、茶を置いた。

「奥の座敷だ」

住職は、囲炉裏端に座りながら、肉に埋もれた首で奥を示した。

「はい。じゃあ、御免なすって……」

常吉は、板の間にあがって奥の座敷に向かった。

奥の座敷……。

源内は、奥の座敷に向かって縁の下を這《は》い進んだ。

やがて、頭上の座敷から男の声が聞こえた。

源内は、縁の下に潜んだ。

「薄汚ねえ形《なり》の浪人……」

常吉とは違う男の嗄《しやが》れ声だった。

夜鳥の弥十郎か……。

源内は緊張した。

「はい。馬の尻尾のような髷で、薄汚ねえ黒い単衣《ひとえ》に袴の浪人でしてね」

常吉が、平九郎の形を説明した。

「ああ。それなら、夏目平九郎って酒と女に眼のない気短な浪人だよ」

平九郎を侮った女の声がした。

七化けのおりん……。

源内は、思わず笑みを浮べた。

「夏目平九郎ですかい……」

「ええ。私の胸に肘《ひじ》を押し付けるような奴でね。その夏目平九郎がどうかしたのかい」

「あっしを捜して本所の茶店に来たんですが、おそらく狙《ねら》いはお頭《かしら》と姐さんかと……」

「って事は、夏目平九郎が私たちを捜しているってのかい」

「違いますかね……」

常吉は尋ねた。

「おりん、夏目の他にもいたな」

「ええ。立花右近って人の好い浪人と、口が達者なだけが取柄の霞源内って奴の二人ですよ」

おりんはせせら笑った。

口が達者なだけが取柄だと……。

源内は、おりんの己に対する値踏みにむっとした。

「立花右近と霞源内か……」

「お頭、ひょっとしたらそいつらも捜しているかもしれませんぜ」

「うむ。俺を逃がした罪を着せられ、そいつを晴らそうとしているのかもな……」

弥十郎は読んだ。

「お頭、役人だけじゃあなく、あの三人も捜しているとなると、やっぱり江戸を出て熱を冷ました方が良いのかもしれませんね」

おりんの声に厳しさが滲んだ。

「あっしもそう思い、こうして報せに飛んで来たんですが。お頭、姐さんの仰《おつしや》る通り、早く江戸を出た方が……」

常吉は勧めた。

「それにしても何処に行く」

「甲府なんか如何です。あそこならお頭の叔父さんの長兵衛《ちょうべえ》のお貸元もいますし……」

「甲府の叔父貴の処か、そうさなあ……」

弥十郎は思案した。

江戸を出る……。

源内は眉を顰めた。

江戸から逃げられると、捜すのはもっと難しくなる。

源内は、焦りを覚えた。


尾張藩江戸上屋敷裏の崩れ掛けた空き家に人のいる気配はなかった。

右近と平九郎は、人のいないのを見定めて空き家に入った。

「御隠居、何も此処迄逃げ帰って来る事もなかろう……」

平九郎は、文句を云いながら囲炉裏に火を熾《おこ》し、湿っている着物を脱いで下帯一本になった。

「なに、万屋が戻って来る迄だ」

右近は笑った。

「万屋。そう云えばあいつ、茶店の裏に廻った筈なのだが、あれからどうしたのかな」

平九郎は首を捻《ひね》った。

「あのまま戻らないのをみると、おそらく常吉が出掛け、後を尾行たのだろう」

右近は読んだ。

「常吉を尾行た……」

平九郎は戸惑った。

「うむ……」

「あの茶店の親父が常吉なら、とっとと捕まえて締め上げれば良いのに……」

平九郎は、苛立ちを浮べた。

「大将、どんなに責めても常吉が口が割らなかったらどうする」

「口を割らなかったら……」

平九郎は、困惑を浮べて口籠《くちご》もった。

「常吉は、おそらく頭の夜鳥の弥十郎と七化けのおりんの許《もと》に行く。万屋はそう睨み、常吉を捕まえずに追ったのだろう」

「そうか、泳がせたのか……」

「そして、我々に首尾を報せようと、此処に来る」

「成る程……」

平九郎は、感心したように大きく頷いた。

がさつだが、素直で屈託のない処が良い……。

右近は、平九郎の人柄を好ましく思った。

平九郎は、囲炉裏に粗朶《そだ》を焼《く》べ、湿った着物を干し始めた。

「よし。私は食べ物を調達して来る」

「おう。酒も頼むぜ」

「心得た」

右近は、苦笑しながら崩れ掛けた空き家を出た。


長興寺から尾張藩江戸上屋敷裏の空き家は遠くはない。

右近と平九郎は、崩れ掛けた空き家に戻っているかもしれない。

夜烏の弥十郎と七化けのおりんは、江戸から逃げ出す前に捕らえて、お上に突き出さなければならない……。

源内は、長興寺を出て崩れ掛けた空き家に行く事にした。

尾張藩江戸上屋敷裏に行くには、四谷大木戸の前を抜けて行くのが早い。

源内は、四谷大木戸に向かった。

四谷大木戸は甲州街道と青梅《おうめ》街道の出入口になる木戸であり、多くの旅人が行き交い、土埃と馬糞《ばふん》の臭《にお》いが漂っていた。

四谷大木戸の傍の高札場には、夜鳥の弥十郎と右近、平九郎、源内の似顔絵の描かれた手配書も貼られており、旅人たちが見上げていた。

源内は、四谷大木戸の前を通り抜けようとした。

「あら、お尋ね者だ」

高札を見上げていた旅姿の中年女が、源内の顔を見て素っ頓狂な声をあげた。

周囲にいた者たちが、一斉に源内を見た。

源内は驚いた。

「お尋ね者だよ。みんな、盗賊だよ」

旅姿の中年女は、源内を指差して金切り声をあげて騒ぎ立てた。

「お尋ね者だ」

「盗賊だ……」

周囲にいた者たちは恐ろしげに叫び、源内を遠巻きに取り囲んだ。

源内は狼狽えた。

呼子笛が甲高く鳴り響いた。

「おのれ、夜烏一味の盗賊……」

町奉行所の同心、岡っ引、捕り方たちが現れ、源内に向かって殺到した。

源内は、咄嗟に四谷大木戸を潜って内藤新宿に逃げた。

同心、岡っ引、捕り方たちは、土埃を巻き上げて源内を追った。

源内は、必死に逃げた。

内藤新宿は問屋場《といやば》、旅籠《はたご》、女郎屋、土産物屋《みやげもの》などが並び、旅人、駄馬、駕籠舁《かごかき》たちで賑わっている。

「退いて、退いて……」

源内は、旅人たちを搔《か》き分けるように逃げ、家並みの路地に駆け込んだ。

路地の左側の板塀の木戸が、僅かに開いていた。

源内は、僅かに開いていた木戸を潜って中に入った。そして、素早く木戸を閉め、路地の様子を窺った。

大勢の男たちの駆け込んで来る足音が響いた。

追手の同心、岡っ引、捕り方たちだ。

源内は、木戸を押さえて路地を窺った。

大勢の男たちの足音が、路地を駆け抜けて行った。

どうにか撒《ま》いた……。

源内は安堵し、木戸から出て行こうとした。

「待ちな……」

野太い声が呼び止めた。

「えっ……」

源内は振り返った。

背後の座敷に、肥った初老の男と人相の悪い男たちがいた。

拙い……。

源内の勘が囁いた。

「兄さん、追われているようだな」

肥った初老の男は、源内に意味ありげに笑い掛けた。

「いえ。別に、ちょいと……」

源内は、慌てて誤魔化そうとした。

「惚けるんじゃあねえ」

肥った初老の男は、野太い声で怒鳴った。

同時に、人相の悪い男たちが源内を取り囲んで睨み付けた。

源内は、震え上がった。

「手前、内藤新宿の為五郎《ためごろう》のお貸元を嘗めているのか」

人相の悪い男は、源内の胸倉を鷲摑《わしづか》みにして凄《すご》んだ。

為五郎という肥った初老の男は、内藤新宿の博奕打ちの貸元だった。

「す、すいません。親分さんとは知らず、御無礼致しました」

源内は詫《わ》びた。

「まあ、良いさ。じゃあ兄さん、匿《かくま》い賃を払って貰おうか……」

為五郎は嘲笑った。

人相の悪い子分たちは、源内を押さえて懐の巾着《きんちゃく》を取った。

「ああ、それだけは……」

源内は狼狽えた。

「煩《うるせ》え」

人相の悪い子分たちは、源内を脅した。

「で、兄さん、何処に行きたいんだい」

為五郎は、源内の巾着を覗いて尋ねた。

「えっ……」

源内は戸惑った。

「匿いついでに逃がしてやるぜ」

為五郎は、源内の巾着を己の懐に入れて狡猾《こうかつ》な笑みを浮べた。

「に、逃がしてくれる……」

源内は困惑した。

四

博奕打ちたちは、早桶《はやおけ》を担いで内藤新宿の往来を横切り、裏通りに進もうとした。

「待て、待て……」

同心と岡っ引たちが駆け寄った。

「こりゃあ旦那……」

博奕打ちたちは早桶を降ろした。

「何ですかい」

「早桶か……」

同心は眉をひそめた。

「へい。旅の博奕打ちが道中で食い物に中《あた》ったらしく、うちに草鞋《わらじ》を脱ぐなりころっと逝きましてね」

「そいつは災難だな」

「へい。それで為五郎の貸元が弔ってやれと仰いましてね」

「何処の寺に運ぶんだ」

「尾張さまの御屋敷の裏の修徳寺です」

「そうか……」

同心は、早桶を胡散臭《うさんくさ》げに一瞥し、探るように十手で蓋を叩いた。

「旦那、何なら仏を見ますかい……」

博奕打ちは、早桶の蓋を取ろうとした。

「いや。それには及ばねえ」

同心は狼狽えた。

「じゃあ……」

「ああ、手間を取らせたな。行きな」

「へい。じゃあ御免なすって……」

博奕打ちたちは、早桶を担いで裏通りに進んで行った。


墓地には線香の匂いが漂っていた。

博奕打ちたちは、早桶を地面に降ろして蓋を取った。

早桶には源内が入っていた。

「おう。着いたぜ」

博奕打ちたちは、早桶の中の源内を引き摺りあげた。

「あ、痛てて……」

引き摺り出された源内は、早桶の中で縮こまっていたせいか足腰が強張《こわば》り、立つ事が出来ずにへたり込んだ。

「おう。無事に辿《たど》り着けて良かったな」

博奕打ちたちは嗤った。

「お陰《かげ》さまで……」

「じゃあ、上手くやんな」

博奕打ちたちは、源内を墓地に残して出て行った。

「人の弱味に付け込んで金を巻き上げやがって、薄汚ねえ外道《げどう》が、覚えていろ」

源内は吐き棄てた。

木々の梢《こずえ》に止まっていた数羽の烏は、声を揃《そろ》えて鳴いた。

囲炉裏の火が爆《は》ぜ、火の粉が飛び散った。

「そうか。夜烏の弥十郎と七化けのおりん、大木戸近くの寺に潜んでいたのか……」

右近は、厳しさを滲ませた。

「うん。長興寺って寺だ」

源内は、握り飯を食べながら酒を飲んだ。

「長興寺か……」

「肥った坊主と寺男がいてな。おそらく、金を貰って弥十郎とおりんを匿っているんだろうが、ありゃあ、かなりの悪党だな。うん」

源内は、己の言葉に頷いた。

「盗賊を匿っているんだ。悪党に決まっているだろう。で、弥十郎とおりん、長興寺で何をしていやがるんだ」

平九郎は苛立った。

「常吉の野郎、俺たちが捜しているって報せたから、江戸から逃げようって相談をしていたぜ」

「江戸から逃げるだと……」

右近は眉を顰めた。

「ああ」

源内は、酒を飲み干した。

「おのれ、そうはさせるか……」

平九郎は、胴田貫を手にして立ち上がった。

「慌てるんじゃあないよ、大将。四谷大木戸の周辺は役人だらけ。下手《へた》に動いたらたちまち御用だ」

源内は嗤った。

「煩い、万屋。御隠居、どうする」

平九郎は、右近の出方を窺った。

「うむ。こうなれば一か八かだ。大木戸の周囲にいる役人たちを率いて長興寺に行くしかあるまい」

右近は、不敵な笑みを浮べた。

「役人たちを率いて行くだと……」

平九郎は戸惑った。

「うむ。そして、役人たちの眼の前で夜烏の弥十郎と七化けのおりんを捕まえて引き渡せば、我らが盗賊ではなく、騙された者だと分かってくれるだろう」

右近は苦笑した。

「成る程、そいつしかねえな」

源内は頷いた。

「分かった。役人たちの眼の前で夜烏の弥十郎や七化けのおりんを捕まえてくれる。行こう、御隠居」

平九郎は熱り立った。

「よし。とにかく、役人共を弥十郎とおりんのいる長興寺に連れて行くのが肝要。その前に捕らえられてはならぬぞ」

右近は、厳しい面持ちで命じた。

「心得た」

平九郎と源内は頷いた。


「お尋ね者の盗賊だ」

「盗賊だ」

「お尋ね者だ」

「馬鹿野郎、退け」

四谷大木戸に男たちの怒声があがり、旅人たちが悲鳴をあげて散った。

「退け、退け、退け……」

源内、右近、平九郎は、大木戸前の往来を横切って長興寺に猛然と走った。

「待て……」

同心、岡っ引、捕り方たちが群れをなして源内、右近、平九郎を追った。

「未だか、万屋」

平九郎は怒鳴った。

「この先を曲った処だ」

源内は、怒鳴り返しながら走った。

同心、岡っ引、捕り方たちは、次第に人数を増やしながら追った。

源内は辻を曲った。

平九郎と右近は続いた。

「あの寺だ」

源内は、行く手にある長興寺を示した。

平九郎は、源内を追い抜いて長興寺の境内に駆け込んだ。

源内と右近が続いた。

同心、岡っ引、捕り方たちが追って来た。

「万屋、寺の何処だ」

平九郎は怒鳴った。

「庫裏の奥の座敷だ」

源内は叫んだ。

平九郎は、庫裏に駆け寄り、腰高障子《こしだかしょうじ》を蹴倒して中に飛び込んだ。

寺男は、飛び込んで来た平九郎に鎌《かま》を振り翳して襲い掛かった。

「邪魔するな、退け」

平九郎は、長い毛臑《けずね》を剝き出しにして寺男を蹴飛ばした。

蹴り飛ばされた寺男は、壁に激しく当たって崩れ落ちた。

平九郎は庫裏にあがり、廊下の奥に走った。

右近と源内が続いた。

平九郎は、奥座敷に踏み込んで夜鳥の弥十郎と七化けのおりんを捜した。だが、弥十郎とおりんはいなかった。

「おのれ、何処にいる……」

平九郎は、襖《ふすま》を次々に開けて、連なる座敷に弥十郎とおりんを捜した。

「大将、いないのか……」

右近は眉を顰めた。

「ああ。いない。何処にいるんだ、万屋」

平九郎は苛立った。

「此処にいる筈だ」

源内は焦った。

「おぬしが、長興寺の住職だな……」

右近は、隠れていた肥った住職を見付けて引き摺り出した。

肥った住職は、溢《あふ》れている贅肉《ぜいにく》を小刻みに震わせていた。

「夜烏の弥十郎と七化けのおりんは何処にいるのだ」

右近は尋ねた。

「い、いない……」

肥った住職は、肉に埋もれた首を横に振った。

「いないだと……」

平九郎は怒鳴った。

「ああ、逃げた。弥十郎とおりんは江戸から逃げた」

肥った住職は、嗄れ声と贅肉を恐怖に震わせた。

「逃げた。それはまことか」

平九郎は、肥った住職を怒鳴った。

「ああ。一刻（約二時間）程前、出立《しゅったつ》した。まことだ。信じてくれ」

肥った住職は必死に訴えた。

「御隠居……」

平九郎は、右近を睨みつけた。

「うむ。遅かったようだな……」

右近は、肥った住職の言葉を信じた。

「おのれ、江戸から逃げたか……」

平九郎は、地団駄を踏んで悔しさを露《あらわ》にした。

「甲府か。弥十郎とおりんは甲府に逃げたのか……」

源内は、肥った住職に問い質《ただ》した。

「分からぬが、きっとそうだ」

肥った住職は頷いた。

「弥十郎とおりん、甲府に逃げたのか……」

右近は、源内に訊いた。

「ああ。甲府には弥十郎の叔父貴の長兵衛って貸元がいるって話だ。おそらくそこだな」

源内は告げた。

「おのれ、甲府であろうが地獄の果てであろうが、追って必ず捕まえてやる」

平九郎は熱り立った。

「聞こえるか、お尋ね者共……」

外から同心の怒鳴り声がした。

右近、平九郎、源内は、奥座敷から本堂に走った。

右近、平九郎、源内は、本堂から境内を窺った。

境内には、捕物出役《しゆつやく》姿の町奉行所同心たちと岡っ引、捕り方たちが集まり、背後には火事場装束の検使与力と、立合いの寺社奉行配下の寺社役同心がいた。

「町奉行所の捕物出役か……」

右近は、厳しさを滲ませた。

「拙いよ、拙いよ」

源内は狼狽えた。

「捕物出役だと、面白い。相手になってやろうじゃあねえか……」

平九郎は息巻いた。

「我らは南町奉行所の者だ」

筆頭同心は、捕物出役用の長十手を額に斜めに翳して怒鳴り始めた。

「盗賊夜烏の弥十郎一味の者共、既に罪は明白。最早逃げられぬと観念致し、神妙

「お縄を受けろ」

筆頭同心は怒鳴り続けた。

「お役人、我らは夜烏の弥十郎の手下でもなければ、盗賊でもない。唯々《ただただ》、騙されて片棒を担がされただけなのだ」

右近は、最後の望みを掛けて告げた。

「黙れ。追い詰められての言い訳など、誰が信用する」

筆頭同心は、右近の言葉を一蹴した。

「御隠居、無駄だ、無駄。もう何もかも無駄なんだよ」

平九郎は苛立った。

「そうでもねえぜ」

源内は、肥った住職の肉に埋もれた首に刀を突き付けて連れて来た。

「この糞坊主を人質にして逃げるんだ」

源内は笑みを浮べた。

「御隠居、こんな肥ったのを人質にして逃げ切れると思うか……」

平九郎は首を捻った。

「まあ、何もしないよりは良いかもしれぬな。よし、こっちに連れて来い……」

右近は、源内と肥った住職を呼んだ。

「た、助けてくれ……」

肥った住職は、嗄れ声を震わせて右近に頼んだ。

「心配するな。死なせはせぬ」

右近は苦笑し、肥った住職の襟首を摑まえて本堂の入口に立たせた。

捕物出役の同心たちは、僅かな動揺を滲ませて響めいた。

「住職を無事に放免して貰いたければ、我らが此処を出て行く邪魔をするな」

右近は告げた。

「そうだぞ。邪魔をすりゃあ、この糞坊主の腹の肉を切り刻んでぶちまけるぞ」

平九郎は、肥った住職の突き出た腹に刀を突き付けた。

「お、お役人、助けて、助けて下され」

肥った住職は、半泣きで同心たちに哀願した。

「坊主を見殺しにすれば、末代まで祟《たた》りがあるぞ、祟りが。それでも良いのか」

源内は脅した。

同心や捕り方たちは、祟りと聞いて恐ろしげに騒めいた。

上手くいくかもしれぬ……。

右近、平九郎、源内は、微かな希望を抱いた。

「馬鹿な事を申すな。坊主の祟りなどあるものか。構わぬ。打ち込め」

筆頭同心は嘲笑い、長十手を翳して猛然と本堂に突進した。

配下の同心と捕り方たちは、釣られたように筆頭同心に続いた。

「こりゃあ、駄目だ」

源内は悲鳴をあげた。

「最早、これ迄だ」

右近は、覚悟を決めた。

「おのれ、斬って斬って斬り捲《まく》ってやる」

平九郎は、肥った住職を突き飛ばして胴田貫を構えた。

「焦るな大将。今、捕まれば、盗賊として死罪は免れぬ。此処はばらばらに逃げて
弥十郎とおりんを追うんだ」

右近は命じた。

「心得た」

平九郎は怒鳴り返した。

「いいな、万屋」

「ああ、合点だ」

源内は頷いた。

「よし。じゃあ、此《これ》で江戸とは暫《しばら》くおさらばだ」

右近は笑った。

刹那《せつな》、筆頭同心たちが、長十手を振るって本堂に雪崩《なだ》れ込んで来た。

右近、平九郎、源内は迎え撃った。

町奉行所は罪人を生かして捕らえるのが役目である為、長十手は二尺程あり、刀は刃引《はび》きだ。そして、捕り方たちは刺股《さすまた》、袖搦《そでがらみ》、寄棒《よりぼう》、梯子《はしご》などを構えて集団で迫る。

同心たちは、右近、平九郎、源内に目潰《めつぶ》しを投げ付けた。

右近、平九郎、源内は咄嗟に躱した。

目潰しは祭壇や壁に当たり、黄色や白い粉を辺りに撒き散らした。

同心たちは右近、源内、平九郎に襲い掛かった。

右近は、襲い掛かる先頭の同心に抜き打ちの一刀を放った。

抜き打ちの一刀は閃光《せんこう》となり、同心は悲鳴をあげて倒れた。

鮮やかな一刀だった。

同心と捕り方たちは、思わず怯んだ。

「安心しろ、峰打ちだ」

右近は嗤った。

「やるか……」

平九郎は、胴田貫を縦横に振るった。

胴田貫は唸り、煌めいた。

同心たちは後退りし、逃げ惑った。

「お、おのれ、退《ひ》くな。退くな。掛かれ……」

筆頭同心は激昂《げっこう》した。

「今だ」

右近は叫んだ。

平九郎と源内は逃げた。

同心と捕り方たちは、己を奮い立たせて追い縋《すが》った。

右近、平八郎、源内は、殺到する同心や捕り方たちと闘いながら三方に走った。

「追え、逃がすな、捕《か》らえろ……」

筆頭同心は、声を嗄らして怒鳴った。

右近、平八郎、源内は、ばらばらに逃げながら追い縋る同心や捕り方たちを殴り、蹴り、投げ飛ばした。

怒号と悲鳴が飛び交った。

長興寺の床は抜け、壁が崩れ、天井が落ち、柱は傾き、土埃が舞い上がった。

右近、平九郎、源内と同心、捕り方たちは闘いながら遠ざかって行った。

本堂に舞い上がった土埃が静まった時、祭壇が音を立てて崩れ、御本尊の仏像が床に落ちて転がった。

第二話　女郎坂

一

甲斐国府中《かいのくにふちゅう》（甲府）は、江戸から甲州街道を進んで三十六里（約百四十キロ）の処にあった。

甲州街道は、甲府で信州道と身延山道《みのぶさんどう》に分かれる。そして、信州道は諏訪《すわ》で中仙道と合流する。

立花右近、夏目平九郎、霞源内の三匹の浪人は、七化けのおりんに騙《だま》されて盗賊夜烏《よがらす》の弥十郎の引廻し破りの片棒を担がされた。そして、三匹の浪人は夜烏一味の盗賊としてお尋ね者になった。

お尋ね者にされた三匹の浪人は、弥十郎とおりんを捕らえて自分たちの身の潔白を証明しようとした。だが、弥十郎とおりんは、逸早《いちはや》く江戸から逃げた。

逃げた先は甲府……。

三匹の浪人は、弥十郎とおりんを追って江戸に別れを告げた。

立花右近は、府中、日野、八王子を抜けて駒木野《こまぎの》関所に近付いた。

駒木野関所は、江戸に向かう者は男女共に手形が必要だが、江戸から離れる者に手形は無用とされていた。

お尋ね者にされた右近は、云う迄《まで》もなく手形などは持っていなかった。

だが、手形は無用だ……。

右近は、駒木野関所の木戸門を潜って役人たちの前に立った。

「武州《ぶしゅう》浪人立花右近、甲府に参る」

右近は名乗り、役人に行き先を告げた。

「うむ……」

江戸から離れる右近に問題はない。

役人たちは、短く言葉を交わして頷《うなず》いた。

「宜《よろ》しかろう。お通りなさい」

役人は告げた。

「御造作をお掛けした」

右近は、役人たちの前から離れようとした。

「待て……」

役人の一人が右近を呼び止めた。

「うん……」

右近は、怪訝《けげん》な面持ちで振り返った。

「おのれ、盗賊だな」

呼び止めた役人は、公儀から廻って来た手配書に描かれた似顔絵の一つと右近を見比べて叫んだ。

しまった……。

右近は慌てた。

下役人たちは、右近を取り囲んで六尺棒を構えた。

「神妙に致せ」

下役人たちは、右近の両肩に六尺棒を当てて押さえ込もうとした。

「何をする、無礼者」

右近は、左肩に当てられた六尺棒を奪い取って振り廻した。

下役人たちは、殴り飛ばされて散った。

右近は、六尺棒を役人たちに投げ付けて木戸門に走った。

「追え。関所破りだ。追え……」

役人たちは、逃げる右近を追った。

「退《ど》け、退け……」

右近は、打ち掛かって来る下役人たちを蹴散らしながら逃げた。


坂道は傾斜が緩く長かった。

右近は、駒木野関所を破って森の中を逃げ廻った。そして、追って来る役人たちを振り切り、漸《よう》く坂道に出たのだ。

「漸く道に出たか……」

右近は、吐息を洩《も》らして長い坂道を見廻した。

痩《や》せた老僧が、筵《むしろ》を掛けた荷を乗せた大八車《だいはちぐるま》を引いて坂道を登って来た。

右近は見守った。

痩せた老僧は粗末な黒染の衣を纏《まと》い、息を荒く鳴らして懸命に大八車を引いて坂を登って来る。

右近は会釈をした。

老僧は、右近に会釈を返そうと立ち止まった。

途端に大八車は後退した。

老僧は慌てた。

右近は、咄嗟《とっさ》に大八車を支えた。

「いやあ。これはすみませぬ」

「いやいや。礼には及ばぬ。さあ、参ろう」

右近は、大八車を押した。

「これはこれは、助かります」

老僧は礼を述べ、再び大八車を引き始めた。

大八車は車輪を軋《きし》ませ、がたがたと激しく揺れた。

右近は大八車を押した。

大八車が揺れた拍子に筵が捲《めく》れ、女の白い足が現れた。

「むっ。御坊、この荷は……」

右近は驚いた。

「見られたか……」

「え、ええ……」

「おまつと申す哀れな仏です。病で苦しんだ挙げ句に首を吊《つ》り、宿場女郎だからと云って弔いもされずに棄てられた」

老僧は、長い白髪《しらが》眉《まゆ》を歪《ゆが》めて哀れんだ。

「棄てられた宿場女郎……」

右近は眉を顰《ひそ》めた。

「宿場女郎とて名もあり、人に変わりはない。立派に弔われて良い筈《はず》……」

「如何《いか》にも、御坊の申される通りだ」

右近は頷き、死んだ宿場女郎を哀れみ、老僧の人柄に感心した。

坂道の上には粗末な祠《ほこら》があり、古びた地蔵が祀《まつ》られていた。

粗末な祠には、何枚もの絵馬が掛けられていた。

痩せた老僧と右近は、粗末な祠の背後に宿場女郎の死体を葬り、墓石代わりの石を積んだ。そして、老僧は朗々と経を読んで弔った。

右近は、他にも同じような土饅頭《どまんじゆう》があるのに気付いた。

老僧は、経を読み終えた。

「御坊、この土饅頭も女郎の墓かな」

右近は尋ねた。

「左様。病で死んだり、足抜きに失敗して責め殺された女郎たちのな……」

老僧は、手を合わせて経を呟《つぶや》いた。

「哀れな……」

右近は、老僧に倣《なら》って手を合わせた。

「此の坂は宿場の名にもなった車坂と申すが、今では、女郎の恨みと大八車、越すに越されぬ女郎坂と歌われる程でしてな」

「女郎の恨みと大八車、越すに越されぬ女郎坂ですか……」

右近は、厳しい面持ちで緩やかな長い坂道を眺めた。

「御浪人、拙僧は浄雲《じょううん》と申します」

「ああ、私は立花右近です……」

右近と浄雲は名乗り合った。

「日暮れも近い。お世話になったお礼に拙僧の寺で茶など如何《いかが》ですかな」

「それはありがたい……」

右近は顔を輝かせた。

夕陽は山並みに沈み始め、粗末な祠に掛けられた絵馬が微風《そよかぜ》に揺れて鳴った。


畑を流れる小川は月明かりに煌《きら》めき、岸辺に繋《つな》がれた小舟が揺れていた。

「盗賊だ。盗賊だあ……」

夜空に男の叫び声と女の悲鳴があがった。

小舟で寝ていた平九郎が、被《かぶ》っていた筵を退かして起き上がった。

「盗賊だと……」

平九郎は、男の叫び声と女の悲鳴のあがった場所を探した。

「誰か、盗賊だ。助けてくれ……」

男の叫び声が再びあがった。

平九郎は、男の叫び声が一方にある庄屋屋敷からあがったのを見定めた。

「おのれ、夜鳥の弥十郎じゃあるまいな……」

平九郎は、胴田貫《どうたぬき》を腰に差しながら庄屋屋敷に向かって走った。


庄屋屋敷を窺《うかが》っていた下男や下女たち奉公人が悲鳴をあげて散り、四人の天狗の面を被った盗賊たちが金箱を担いで飛び出して来た。

「待て、待て……」

駆け付けた平九郎は、盗賊たちの前に立ちはだかった。

天狗の面を被った盗賊たちは、狼狽《うろた》えて後退《あとずさ》りをした。

鈴の音が微《かす》かに鳴った。

「手前ら、夜鳥の弥十郎一味の盗賊か……」

平九郎は、抜き打ちの構えを取って盗賊たちを睨《にら》み付けた。

「ち、違う。俺たちは天狗政《てんぐまさ》だ」

先頭にいた天狗の面を被った盗賊は、戸惑いと緊張に声を震わせた。

「天狗政だと……」

平九郎は眉を顰めた。

盗賊は、夜烏ではなく天狗政一味だった。

「ああ……」

車坂宿から代官所の役人たちが、提灯《ちょうちん》を揺らして駆け寄って来た。

天狗の面を被った盗賊たちは怯《ひる》み、激しく狼狽えた。

「烏でも天狗でも盗賊は盗賊。許さん」

平九郎は怒鳴った。

「逃げろ……」

先頭にいた天狗の面を被った盗賊は、仲間に叫んで平九郎に長脇差《ながわきざし》で斬《き》り付けた。

平九郎は、抜き打ちの一刀を鋭く放った。

胴田貫が閃光《せんこう》となった。

天狗の面が斬り飛ばされ、若い男が顔を露《あらわ》にして尻餅《しりもち》をついた。

「何が天狗政だ。手前が盗賊の頭《かしら》か……」

平九郎は、嘲笑《ちょうしょう》を浮べて胴田貫を上段に構えた。

「止《や》めろ……」

後ろにいた天狗の面を被った盗賊が、担いでいた金箱を平九郎に向かって投げ付けた。

平九郎は咄嗟に躱《かわ》した。

金箱は地面に落ちて蓋《ふた》が壊れ、小判が甲高い音を立てて飛び散った。

「おっ……」

一瞬、平九郎は飛び散る小判の煌めきに眼を奪われた。

天狗の面を被った盗賊たちは、その隙《すき》を衝《つ》いて一斉に逃げた。

鈴の音が鳴った。

「待て、盗賊……」

平九郎は慌てた。

天狗の面を被った四人の盗賊は、夜の暗がりに逃げ去った。

鈴の音が微かに鳴って消えた。

「おのれ……」

平九郎は、胴田貫を鞘《さや》に納めた。

「天狗政一味は何処《どこ》だ」

代官所の役人たちが、庄屋屋敷の下男や下女たち奉公人に駆け寄った。

下男や下女たち奉公人は、役人に何事かを訴え始めた。

平九郎は、草むらに飛び散っている小判の一枚を素早く拾い、懐《ふところ》に入れた。

数人の役人は庄屋屋敷に入り、中年の役人が平九郎に近寄って来た。

「私は車坂代官所手代の野崎平左衛門《のざきへいざえもん》。おぬしは……」

中年の役人は名乗った。

「俺か、俺は夏目平九郎だ」

「夏目どのか。おぬし、天狗政一味を一人で蹴散《けち》らし、奪われた金を取り戻してくれたそうだな」

「金か、金なら金箱が壊れて此《こ》の辺りに飛び散っているぞ」

平九郎は、くすねた一両小判を誤魔化すように笑った。

車坂の宿は、旅人たちも出立《しゅったつ》して静かな時を迎えていた。

女郎屋『鶯屋《うぐいすや》』は風に暖簾《のれん》を揺らしていた。

「そうよ。江戸ではね。田舎と違って白粉《おしろい》をべたべた塗らないの……」

霞源内が、紅、白粉、へちま水などの化粧品を集まった女郎たちの前に並べ、年増《としま》のおさとに化粧をしてやりながら売っていた。

「薄く目立たぬを良しとする、ってのが粋《いき》なのよ。濃く塗るのは鼻の頭と襟元だけ、分かるでしょう」

源内は、調子の良い口上を述べ、おさとの顔に白粉を塗って紅を付けた。

「ほうら出来た。江戸の吉原で御職《おしょく》を張ってもいいくらいに完璧《かんぺき》……」

源内は、科《しな》を作って褒め称えた。

「ほんと。私、紅と白粉、買おうかしら」

おさとは、鏡を見ながら嬉《うれ》しげに声を弾ませた。

「そお、ありがと。お姐《ねえ》さんたちもどうかしら、今江戸で一番人気の紅白粉……」

源内は、科を作って勧めた。

「私、ひと揃《そろ》い買うわ」

「私も……」

年増女郎たちは、我先に紅白粉を買った。

「待って、順番ね。ねえ。そっちのお姐さんたちも如何……」

源内は、隅にいる若い女郎たちにも声を掛けた。

「駄目、駄目。あの娘たちは年季奉公に来たばかりでね。お金もなければ、商売っ気もないんだから」

おさとは嗤《わら》った。

「あら、そう……」

床の雑巾《ぞうきん》掛けをしていた若い下女が、源内を突き飛ばした。

源内は、前のめりに顔から倒れた。

「痛あい……」

「何すんのさ、おみね」

おさとが怒鳴った。

「掃除の邪魔なんだよ。いい加減にしな」

おみねと呼ばれた下女は、源内を睨み付けて雑巾掛けを続けた。髪に飾った木彫りの簪《かんざし》に付けた鈴が揺れて鳴った。

「嫌ねえ。下働きの癖に生意気……」

源内は、科を作って怒ってみせた。

「白粉屋、甚兵衛《じんべえ》の親方がお呼びだぜ」

若い衆の寅吉《とらきち》が、源内を呼びにやって来た。


「良かったな、白粉屋。売れ行きが良くて」

『鶯屋』の親方の甚兵衛は、脂ぎった顔を綻《ほころ》ばせた。

「へい。そいつはもう親方のお陰でして、これは些少《さしょう》ですが、商いをさせて戴《いただ》いたお礼にございます」

源内は、一朱金《いっしゅきん》を紙に包んで甚兵衛に差し出した。

「白粉屋、妙な気遣いは無用だ。礼金は売上げの半分だと決まっている」

甚兵衛は笑い掛けた。

「半分……」

源内は驚いた。

「ああ。半分だ」

「お、親方、それじゃあっしの儲《もう》けは一文にもなりません」

源内は焦った。

「白粉屋、そいつが車坂宿の定法なんだぜ」

寅吉たち『鶯屋』の若い衆は、源内を取り囲んで脅した。

「白粉屋、代官所の牢屋《ろうや》は空いているんだぜ」

甚兵衛は、源内に十手を見せて凄《すご》んだ。

「成る程、二足の草鞋《わらじ》ですかい……」

源内は、甚兵衛が女郎屋『鶯屋』の親方であり、代官から十手を預かっているのを知った。そして、それは甚兵衛と代官が繋がっている証《あかし》だった。

代官も陸《ろく》な者じゃあねえ……。

源内はうんざりした。

車坂代官所は宿場外れにあった。

「なんと、百姓に金を貸している庄屋や大店《おおだな》にばかり押し込むとは、天狗政の一味、許し難い盗賊ですな」

平九郎は息巻いた。

「左様……」

代官所手代の野崎平左衛門は頷いた。

車坂代官の三浦監物《みうらけんもつ》が入って来た。

「これは、お代官さま……」

「野崎、それなる者が昨夜《ゆうべ》、一人で天狗政一味を追い払い、金を取り戻した者か
……」

三浦は、平九郎を一瞥《いちべつ》した。

「はい。夏目平九郎どのにございます」

「うむ。夏目とやら、代官の三浦監物だ。我が代官所に仕えるが良い」

三浦は、微かな蔑《さげす》みを過《よ》ぎらせた。

「いやあ、お代官。拙者、代官所の役人になる気はない」

平九郎は、三浦の蔑みを嗤った。

「なに……」

三浦と野崎は戸惑った。

「拙者の望みは、大軍を采配する侍大将でな」

「侍大将……」

「如何にも……」

「そいつは無理だ。代官の儂《わし》でさえ五百石取りの旗本に過ぎぬ」

「でしょうな……」

平九郎は苦笑した。

「ならば、金はどうだ」

「金……」

「左様。天狗政一味を始末したら二十五両だ」

「二十五両……」

「ほう、二十五両とは結構ですな」

「それに、酒と女が付いたら尚更結構か……」

三浦は、平九郎を侮るように嗤った。

「如何にも……」

平九郎は哄笑《こうしょう》した。

宝泉寺は、老住職の浄雲が一人で切り盛りしている貧乏寺だった。

境内《けいだい》は、狭いながらも手入れが行き届いており、住職の浄雲の人柄を偲《しの》ばせた。

右近は、境内の掃除をしていた。

若い百姓が、野菜を入れた竹籠《たけかご》を背負って境内に入って来た。

「おう。何か用かな」

右近は、若い百姓に声を掛けた。

「は、はい……」

若い百姓は、右近に気が付き驚いたように頭を下げた。

「手前は清吉《せいきち》と申す百姓にございます。浄雲さまに野菜を届けに参りました」

「そうか。それは奇特な。御住職は庫裏《くり》におられるぞ」

右近は頷いた。

「はい。御無礼致します」

清吉は、右近に一礼して庫裏に向かった。

「流石《さすが》は浄雲どの。檀家の者にも慕われているな……」

右近は微笑《ほほえ》み、掃除に励んだ。

僅《わず》かな時が過ぎ、庫裏から清吉が浄雲に見送られて出て来た。

「浄雲さま、じゃあ……」

清吉は、浄雲と右近に頭を下げて宝泉寺の境内から出て行った。

「清吉ですか……」

右近と浄雲は、空の竹籠を担いで立ち去って行く清吉を見送った。

「うむ。真面目《まじめ》な働き者でな。父親の代に田畑を借金の形で失い、今では庄屋や大百姓の手伝いをして細々と暮らしている」

「そいつは気の毒に……」

「左様。車坂の百姓の殆《ほとん》どの者は、いろいろな借金を抱えていましてな。若い者は手伝い百姓、娘は年季奉公に出される」

浄雲は哀《かな》しげに告げた。

「そうですか……」

右近は眉を顰めた。

二

夕暮れ時。

車坂宿は、旅人を呼ぶ旅籠《はたご》の番頭や留女《とめおんな》たちと、客を引く女郎たちの嬌声《きょうせい》で賑《にぎ》わっていた。

女郎屋『鶯屋』の座敷は、三味線や太鼓の音で満ちていた。

平九郎は、おさとたち女郎と馬鹿踊りで盛り上がっていた。

手代の野崎平左衛門は、渋面を作って酒を飲んでいた。

「大丈夫なんですか、野崎さま……」

親方の甚兵衛が、おさとたち女郎と馬鹿踊りをしている平九郎を一瞥した。

「うむ。腕も望みも法外に凄い……」

「へえ……」

甚兵衛は感心した。

「野崎さん、あんたも踊れ。なあに心配するな。天狗政の奴らが押し込んで来たら、俺が叩《たた》き斬ってやる」

平九郎は笑い、おさとたち女郎と馬鹿踊りを続けた。

座敷の隅では、おみねたち下女が空になった徳利や皿を片付けていた。

おみねは、馬鹿踊りに興じる平九郎を悔しげに睨んだ。

髪に飾られた木彫りの簪の鈴が揺れた。


厠《かわや》の窓から見える月は、蒼白《あおじろ》く冷たく輝いていた。

平九郎は、鼻歌混じりに小便をした。

鈴の音が鳴った。

平九郎は眉を顰めた。

昨夜、庄屋屋敷の前で聞いた鈴の音だ……。

平九郎は気付いた。

鈴の音は、厠の外の裏庭から聞こえていた。

平九郎は厠を出た。

裏庭に出た平九郎は、辺りに鈴の音の出処《でどころ》を探した。

刹那《せつな》、暗がりで鈴が鳴り、おみねが匕首《あいくち》で平九郎に突き掛かった。

平九郎は躱し、おみねを押さえた。

おみねの髪に飾られた木彫りの簪に付けられた鈴が揺れて鳴った。

「この鈴の音、昨夜も聞いたぞ」

平九郎は嗤った。

「煩《うるさ》い」

おみねは、匕首を振り廻した。

「小娘の癖に天狗政の一味とはな……」

平九郎は呆《あき》れた。

「あんたたちに分かるもんか……」

おみねは、尚も平九郎を匕首で突き刺そうとした。

「無駄な事だ」

平九郎は、おみねの匕首を取り上げて植込みに投げ棄てた。

「離せ、離せ……」

おみねは身を捩《よじ》り、悔しげに踠《もが》いた。

「夏目どの……」

野崎が、甚兵衛や寅吉たち若い衆とやって来た。

「おみね……」

甚兵衛は、おみねが平九郎と一緒にいるのに戸惑った。

「夏目の旦那《だんな》、おみねが何かしたので……」

甚兵衛は、平九郎とおみねを探る眼差《まなざ》しで見据えた。

おみねは、恐怖に微かに震えた。

平九郎は、おみねの恐怖に気付いた。

天狗政一味と知れれば激しく責められ、頭や仲間が誰か無理矢理に吐かされる……。

平九郎は、おみねの恐怖を読んだ。

「いや、なに。おみねが気に入ってな。口説いていたのだ。そうしたら、おみねが嫌だと云いおって……」

平九郎は、照れたように言い繕った。

おみねは戸惑った。

「なあ、おみね……」

平九郎は、おみねの肩を抱き寄せて笑った。


古い地蔵の祀られた粗末な祠は月明かりを浴び、軒に吊《つる》された絵馬が微風に揺れていた。

三人の天狗政一味の盗賊が現れ、古い地蔵と背後の土饅頭に手を合わせた。

「行くぞ……」

天狗の面を被った三人の盗賊は、車坂を駆け下りて車坂の宿に向かった。

蒼白い月明かりは、車坂を駆け下りる三人の盗賊を照らした。


狭い粗末な部屋には、酒と白粉の匂《にお》いが満ち溢《あふ》れていた。

平九郎は、手酌で酒を飲んでいた。

おみねは、敷かれた派手な蒲団《ふとん》の傍《そば》で身を固くして座っていた。

「おみね、お前も一杯飲まないか……」

平九郎は、おみねを誘った。

おみねは、黙ったまま首を横に振った。

「そうか。腹が減っているなら何か食べろ」

平九郎は、膳の上の料理を勧めた。

「どうして云わなかったのさ」

おみねは、平九郎を睨み付けた。

「云った方が良かったのか……」

「礼なんか云わないよ」

「別に良いさ。そんな事は……」

平九郎は酒を飲んだ。

「抱くなら、さっさと抱きなよ」

おみねは云い放った。

平九郎は苦笑した。

「ねっ。どうすんのさ」

おみねは、平九郎に枕を投げ付けた。

平九郎は枕を躱し、おみねをひっ叩いた。

おみねは蒲団の上に倒れ、憎悪に溢れた眼で平九郎を睨み付けた。

鈴の音が鳴り響いた。

「大人しくしろ。山猫が」

平九郎は酒を呷《あお》った。


車坂宿は眠りに沈んでいた。

天狗の面を被った三人の盗賊は、連なる家並みの暗がり伝いに進んだ。


平九郎は、鼾《いびき》を掻《か》いて眠っていた。

片隅に座っていたおみねは、平九郎が眠っているのを見定め、足音を忍ばせて部屋から出て行った。

平九郎は、鼾を掻いたまま眼を開けた。

鈴の音が廊下を遠ざかって行った。

おみねは、板塀の裏木戸の横猿《よこさる》を外して路地に忍び出た。

路地は薄暗く、人影はなかった。

おみねは、板塀に寄って佇《たたず》んだ。

「誰かを待っているのか……」

平九郎が、板塀の裏木戸から現れた。

おみねは、慌てて裏木戸から『鶯屋』に戻ろうとした。

「待て……」

平九郎は、おみねの腕を摑《つか》まえた。

「離して……」

おみねは、平八郎の手を振り払おうとした。

鈴が鳴った。

「天狗政の一味か……」

平九郎は読んだ。

おみねは狼狽えた。

「ふん。今夜は鶯屋に押し込むつもりか……」

「違う」

おみねは、平九郎の手を振り払って『鶯屋』に戻ろうとした。

「何故、そう戻りたがる」

平九郎は、おみねを引き戻した。

「もう、眠いからだよ」

おみねは、必死に戻ろうと踠いた。

「そうか。手引きするお前が此処《ここ》にいなければ、押し込みは取り止めになるのだな」

平九郎は睨んだ。

「お願い、離して……」

おみねは、平九郎に涙声で頼んだ。

木彫りの簪の鈴が鳴った。

路地の奥に三人の人影が現れた。

平九郎は、咄嗟におみねの口を塞《ふさ》いで三人の人影の様子を窺った。

三人の人影は、天狗の面を被った天狗政一味の盗賊だった。

睨み通りだ……。

平九郎は、嘲笑を浮べた。

刹那、おみねは髪に飾った木彫りの簪を抜いて天狗政一味の三人に向かって投げた。

平九郎に止める間はなかった。

鈴の音が鳴った。

天狗政一味の三人は立ち止まった。

木彫りの簪は、鈴の音を鳴らして地面に落ちて転がった。

平九郎は見守った。

天狗政一味の三人は、身を翻して路地から走り去った。

「くそっ、やられたな」

平九郎は苦笑した。

おみねは、平九郎の手を振り払って『鶯屋』に駆け戻った。

平九郎は、路地に落ちていた木彫りの簪を拾いあげた。

鈴の音が鳴り響いた。

おみねのすすり泣きは、裏庭の隅の納屋から洩れていた。

平九郎は、薄暗い納屋の中を覗《のぞ》いた。

納屋の中でおみねは、畳んだ粗末な蒲団に身を投げ出してすすり泣いていた。

此処がおみねの部屋か……。

平九郎は、おみねへの哀れみを覚えた。


宝泉寺の境内に人の気配がした。

右近は、寝床を出て本堂に向かった。

男たちの声が、境内から微かに聞こえた。

右近は、本堂の窓に忍び寄って境内を窺った。

境内では、浄雲と天狗の面を手にした盗人装束の男が何事かを話していた。

「そうか。おみねがな……」

浄雲は、白髪眉を曇らせた。

「はい。どうしたら良いんでしょう」

不安を募らせる盗人装束の男は、百姓の清吉だった。

清吉……。

右近は見定めた。

「清吉、おみねの身に何かあれば、私が何とかする。良いな」

浄雲は、清吉に云い聞かせた。

「ですが……」

清吉は、募る不安に震えた。

「清吉、おみねが代官所に捕まったとは、未《ま》だ決まっていないのだ」

「は、はい……」

「よし。じゃあ、誰にも見られぬ内に早く家に帰りなさい」

浄雲は、厳しい面持ちで勧めた。

「はい。では……」

清吉は、浄雲に一礼して境内から立ち去ろうとした。

「清吉……」

浄雲は呼び止めた。

「はい」

「命を粗末にするなよ」

「はい……」

清吉は、深く頷いて走り去った。

浄雲は清吉を見送り、庫裏に戻って行った。

右近は、本堂の窓辺を離れて寝床に戻った。


天井は暗かった。

右近は寝床に横たわり、暗い天井を見詰めていた。

百姓の清吉は、夜な夜な盗賊働きをしているのか……。

おみねとは、仲間の女盗賊なのか……。

老僧の浄雲は、清吉やおみねが盗賊だと知っている。そして、庇《かば》って助けようとしているようだ。

何故だ……。

右近は戸惑った。

浄雲のような老僧が、盗賊を庇って助けようとするのは、それなりの深い訳があるからに決まっている。

それが何か……。

右近は、天井の暗さを見詰めた。

天井の暗さは、底知れぬ程に深かった。

右近は、深々と吐息を洩らした。

深い訳は、車坂宿にあるのかもしれない。

車坂宿に行ってみるか……。

右近は決めた。


木彫りの簪はなかった。

おみねは、女郎屋『鶯屋』の裏の路地を掃除しながら探した。だが、木彫りの簪は何処にもなかった。

「姉ちゃん……」

おみねは、哀しげに呟いた。

平九郎が、板塀の裏木戸から出て来た。

おみねは気が付き、箒《ほうき》を握って路地から出て行こうとした。

「おみね……」

平九郎は呼び止めた。

おみねは立ち止まった。

「お前のような小娘が何故、奴らの仲間になっているんだ」

「あんたなんかに分からないよ」

おみねは、平九郎を突き放した。

「そうかな……」

平九郎は、木彫りの簪を出し、鈴を鳴らしてみせた。

「私のだ……」

おみねは、木彫りの簪を奪おうとした。

平九郎は躱した。

鈴の音が鳴った。

おみねは、平九郎を睨み付けた。

「何故、仲間になったか、教えてくれたら返してやるぞ」

「じゃあ、いらないよ、そんな物……」

おみねは、悔しげに云い放った。

「ほう、いらないか……」

平九郎は苦笑した。

「夏目の旦那……」

寅吉が、源太《げんた》や鶴太郎《つるたろう》たち若い衆と路地に入って来た。

「おう。どうした」

「そろそろ、出掛けましょうや」

寅吉は、おみねを一瞥して告げた。

「分かった。行くか……」

平九郎は、寅吉や源太たち若い衆と通りに向かった。

「いってらっしゃい……」

鶴太郎は見送った。

おみねは、そそくさと掃除を始めた。

「ああ。おみね、掃除はもういいぜ」

「未だ終わってないよ」

「親方の言い付けだ。お前も今日から立派な女郎。せいぜい夏目の旦那に可愛がって貰うんだな」

鶴太郎は、おみねに卑猥《ひわい》な眼を向けた。

おみねは愕然《がくぜん》とした。

「分かったな。足抜きなんかしたら、おみつと同じ目に遭うんだからな」

「あんたなんかに、あんたなんかに姉ちゃんの事は云われたくないよ」

おみねは、激しい憎悪を浮べて鶴太郎を睨み付けた。

「ふん。こんな山猫、何処が良いのか気がしれねえぜ」

鶴太郎は、嘲笑を浮べて立ち去った。

「姉ちゃん……」

おみねは、睨み付けていた眼から涙を零《こぼ》してしゃがみ込んだ。

田畑の緑は風に大きく波打っていた。

平九郎は、庄屋屋敷の庭から波打つ田畑の緑を眩《まぶ》しげに眺めていた。

庄屋屋敷の縁側では、寅吉が庄屋の八兵衛《はちべえ》に五十両程の金を渡していた。

「五十両確かに。じゃあ、百姓の借用証文を十枚……」

八兵衛は、寅吉に十枚の借用証文を渡した。

「何をしているんだ」

平九郎は、源太に尋ねた。

「庄屋さんが、百姓共に貸した新田を買う金の借用証文を鶩屋に売ってくれたんですよ」

「新田を買う金……」

「ええ。お代官さまが新田を切り開く手筈《てはず》でしてね。その一反ごとの権利を百姓が買う金を庄屋さんが貸したんですぜ」

「で、その金の借用証文を売ったのか……」

平九郎は戸惑った。

「ええ。これで百姓は借金を鶩屋に返すって訳ですぜ」

「そいつは分かるが……」

平九郎は首を捻《ひね》った。

百姓の借金は返せる者も少なく、焦付きが多い筈だ。それ故、借用証文も当てに出来ず、欲しがる者など滅多にいない。

それなのに鶯屋は……。

平九郎の疑念は募った。

「さあ、行くぞ」

寅吉は、源太たち若い衆に声を掛けた。

「へい。じゃあ、夏目の旦那……」

源太は、平九郎を促した。

「う、うむ。どうも良く分からんな」

平九郎は、疑念を募らせながら源太たち若い衆に続いた。


寅吉と源太たちは、買った借用証文を持って百姓家を訪れた。

平九郎は見守った。

源太たちが、百姓家から嫌がる十七、八歳の娘を連れ出して来た。

「お願いです。どうか娘だけは……」

娘の両親の百姓夫婦が、寅吉に懸命に頼みながら続いて出て来た。

「煩《うるせ》えな。庄屋さんに借りた金の借用証文は返してやったんだ。文句はあるめえ」

寅吉は、縋《すが》り付いて頼む両親を乱暴に突き飛ばした。

「成る程、娘目当てか……」

平九郎は、『鶯屋』が庄屋から百姓の借用証文を買い取った理由を知った。

「お金は必ず返します。だから、もう少し待って下さい。お願いです」

父親は、寅吉に土下座して頼んだ。

「庄屋さんは待ってくれても、鶯屋は待てねえんだよ」

寅吉は、父親を蹴り倒した。

「おい。乱暴するな」

平九郎は、思わず止めに入った。

「夏目の旦那、借りた金は返すのが定法なんですぜ」

寅吉は、酷薄な笑みを浮べた。

寅吉と源太たちは娘を連れ、その後も庄屋の八兵衛から金を借りていて娘のいる百姓家に向かった。

狡猾《こうかつ》で汚ねえ真似《まね》をしやがる……。

平九郎は、『鶯屋』の悪辣《あくらつ》さと外道《げどう》振りに怒りを覚え、饗応《きょうおう》を受けた自分を恥じて嫌悪した。

「夏目の旦那、どうかしましたかい……」

源太が笑い掛けた。

「別にどうもしねえ」

平九郎は怒鳴り返し、苛立《いらだ》たしげに石ころを蹴り飛ばした。

畑で働いていた清吉が、寅吉たちと娘や平九郎一行を見送った。

清吉は、手にしていた鎌《かま》を怒りで小刻みに震わせた。

三

寅吉と源太たちは、連れて来た娘を若い衆の一人と平九郎に見張らせ、百姓家に入って行った。

連れて来られた娘は、すすり泣きを続けていた。

平九郎は、苛立ちと自己嫌悪を募らせた。

娘のすすり泣きは続いた。

「泣くな。泣いていたって埒《らち》はあかん。こうなりゃあ女郎になって、どうやって男から金を巻き上げるか考えろ」

平九郎は苛立った。

娘は、泣き続けた。

「おい。この前、天狗政に押し込まれた庄屋も百姓の借用証文を鷲屋に売っていたのか」

平九郎は若い衆に訊《き》いた。

「ええ。そうですが……」

若い衆は頷いた。

「やはりな……」

平九郎は、盗賊の天狗政が百姓に金を貸している庄屋屋敷に押し込む理由を知った。
寅吉と源太たちが、百姓家から娘を連れて出て来た。

竹林の中の小道は薄暗かった。
寅吉と源太たちは、借金の形に取った二人の娘を連れて次の百姓家に向かった。
平九郎は、自己嫌悪を募らせて重い足取りで続いた。
重い足取りは、平九郎を一行から遅れさせた。
寅吉と源太たちは、二人の娘を連れて竹林の小道を進んだ。
天狗の面を被った盗賊が現れ、寅吉と源太たちに長脇差で猛然と斬り付けた。
寅吉と源太たちは、不意の襲撃に狼狽えた。
「逃げろ。女郎にされたくなかったら車坂を越えて逃げろ」
天狗の面を被った盗賊は、長脇差を振り廻しながら二人の娘に叫んだ。
二人の娘は逃げた。
「追え、捕まえろ」
寅吉は慌てた。

源太たちが追い掛けようとした。

天狗の面を被った盗賊は、追い掛けようとした若い衆の一人の肩を斬った。

若い衆は、肩から血を飛ばして仰《の》け反《ぞ》った。

「旦那、夏目の旦那……」

寅吉たちは怯み、悲鳴のように叫んだ。

「退け、退け……」

平九郎は、背後から猛然と駆け寄って来た。

天狗の面を被った盗賊は、長脇差を構えて立ちはだかった。

「死にたいか……」

平九郎は一喝し、胴田貫を抜き打ちに一閃《いっせん》した。

天狗の面が真っ二つに斬り割られ、清吉の顔が露になった。

「手前は清吉……」

寅吉と源太たちは驚いた。

清吉は立ち竦《すく》み、長脇差を恐怖に震わせた。

「源太、女を捕まえろ」

源太たちは、逃げた二人の娘を追った。

清吉は、平九郎に睨まれて動けなかった。

「清吉、手前が天狗政の一味だったとはな……」

寅吉は、匕首を抜いて清吉の背後に廻ろうとした。

「動くな寅吉。俺は今、無性に腹が立っている。ちょろちょろすると手前も叩き斬るぞ」

平九郎は苛立った。

寅吉は、ぞっとした面持ちで立ち竦んだ。

平九郎は、冷笑を浮べて清吉を見据えた。

清吉は、泣き出しそうな面持ちで恐怖に震えた。

「情けねえ面しやがって。恐ろしいか、怖いか……」

平九郎は、清吉に怒鳴った。

清吉は後退りした。

「だったら大人しくしていろ。それが嫌なら最後迄闘え」

平九郎は、胴田貫を大上段に構えた。

清吉は眼を瞑《つむ》り、絶叫をあげて平九郎に突っ込んだ。

平九郎は、胴田貫を鋭く斬り下ろした。

清吉は、長脇差を鍔元《つばもと》から二つに斬り落とされ、草むらに叩き付けられた。

「どうした。もう終わりか……」

平九郎は喚《わめ》き散らした。


車坂宿の外れ、旅人たちの行き交う街道沿いには古い御堂があった。

古い御堂の前では、霞源内が組み立てた台に紅白粉などを並べて口上を述べている。

「さあさあ、江戸で一番人気の紅白粉……」

旅人たちは、御堂の前の白粉屋に立ち寄る様子もなく通り過ぎて行く。

源内は、口上を止めて吐息を洩らした。

「やっぱり、こんな処じゃあ商売にならねえや。鷲屋の強欲野郎。宿場内の場所代は、売上げの半分だなんて抜かしやがって、今度逢ったら叩きのめしてやる」

源内は、手槍《てやり》を振り廻して息巻いた。

「助けて、助けて下さい」

二人の娘が、血相を変えて駆け寄って来た。

「えっ。なに、どうしたの……」

源内は戸惑った。

「お願いです、助けて下さい」

二人の百姓娘は、源内の背後に隠れた。

「お、おう。任せておきな。助けてやるとも」

源内は、訳も分からず胸を叩いた。

源太と若い衆が追って現れた。

「わっ……」

源内は驚いた。

「おう。白粉屋、娘たちを渡しな」

源太は凄んだ。

「嫌だね」

源内は、二人の百姓娘を後ろ手に庇った。

「なんだと……」

若い衆は、紅白粉の並べられた台をひっくり返した。

同時に、源内が手槍で若い衆の腹を突き刺した
若い衆は、呆然《ぼうぜん》とした面持ちで崩れた。

「て、手前……」

源太は狼狽えた。

「煩い。鶯屋の三下。可愛い娘に助けてと頼まれて、断る源内さまじゃあねえ」

源内は二人の百姓娘を庇い、張り切って源太たちと渡り合った。だが、次第に形勢は不利になり、源内と二人の百姓娘は追い詰められた。

「待て。慌てるな。話せば分かる」

源内は焦った。

「煩え。死ね、白粉屋」

源太は、猛然と源内に斬り掛かった。

刹那、飛び込んで来た右近が源太を弾《はじ》き飛ばした。

源太は、地面に転がって激しく土埃《つちぼこり》を舞いあげた。

「御隠居……」

源内は、顔を輝かせた。

「大丈夫か、万屋《よろずや》」

右近は、源内に笑い掛けた。

「ああ。助かった……」

源内は安堵《あんど》した。

「手前……」

源太と若い衆は、怯《おび》えながらも長脇差を構えて右近を取り囲んだ。

「やるか。容赦はしないぞ」

右近は、源太と若い衆に笑顔で告げた。

「う、煩え」

源太と若い衆は、怯えを必死に振り払って右近に殺到した。

右近は、木の枝を拾って縦横に振るった。

源太と若い衆は、厳しく打ちのめされて次々に地面に這《は》い蹲《つくば》った。

「これ迄のようだな……」

右近は噎い、苦しく呻《うめ》いて倒れている源太と若い衆に木の枝を投げ棄てた。

拷問蔵は血と汗の臭いに満ちていた。

後ろ手に縛られた清吉は、十露盤《そろばん》の上に正座させられて石を一枚抱かされ、激痛に顔を歪めていた。

「どうだ清吉。吐く気になったか……」

手代の野崎平左衛門は、清吉を嘲笑した。

清吉は呻き、激痛に必死に堪えた。

代官の三浦監物は、『鶯屋』甚兵衛と薄笑いを浮べて見守っていた。

平九郎は、その背後の戸口の傍に寅吉と佇んでいた。

「未だ吐く気にならぬようだな。おい、石をもう一つ抱かせてやれ」

野崎は、小者《こもの》たちに指示した。

小者たちは、清吉の膝の上に二枚目の石を抱かせた。

清吉は、絶叫をあげた。

「吐け、清吉。頭の天狗政は誰だ。何処にいる。吐け」

野崎は、清吉を責めた。

「殺せ。さっさと殺せ……」

清吉は、嗄《しゃが》れ声を苦しく絞り出した。

「虫けら同然のお前の命など、いつでも踏み潰してやる。だが、天狗政の正体と居場所を吐かぬ限り、責め苦は続き、楽にはなれぬぞ」

三浦は、冷酷な眼で清吉を見据えた。

「清吉、おみつのいるあの世に早く行きたければ、さっさと吐くんだな」

甚兵衛は嘲笑った。

「手前ら鬼だ。獣だ」

清吉は、絶望的に叫んだ。

「寅吉、おみつってのは誰だ」

平九郎は、隣の寅吉に囁《ささや》いた。

「足抜きして車坂で死んだ女郎でしてね。清吉と恋仲だったんですよ」

寅吉は、鼻先で嗤った。

「恋仲だった女……」

平九郎は眉を顰めた。

清吉は、悲鳴をあげて意識を失った。

「この、死に損ないが……」

野崎は吐き棄てた。

「野崎、責め続ける為に手当てをしてやれ」

三浦は、冷酷に命じた。

「はい。清吉を連れて行け……」

野崎は、小者たちに命じた。

「親方……」

鶴太郎が、怪我をした源太を連れてやって来た。

「おう。どうした、源太」

甚兵衛は眉を顰めた。

「借金の形に取った娘、二人とも逃げられてしまいました」

源太は、強張《こわば》った面持ちで告げた。

「何だと……」

甚兵衛は、源太を睨み付けた。

「源太、どうして逃げられたんだ」

寅吉は、源太に問い質《ただ》した。

「へ、へい。江戸から来た白粉屋と得体の知れねえ浪人が邪魔しやがって……」

源太は、悔しげに告げた。

「馬鹿野郎……」

甚兵衛は、源太を張り倒した。

源太は倒れた。

「勘弁して下せえ」

源太は、床に両手をついて詫びた。

白粉屋と得体の知れぬ浪人……。

平九郎は、江戸から来た白粉屋と得体の知れぬ浪人に想いを馳《は》せた。

「甚兵衛、その二人も天狗政の一味かもしれぬな……」

三浦は睨んだ。

「はい……」

甚兵衛は頷いた。

「よし、野崎。明日、天狗政一味の清吉を磔《はりつけ》の刑に処すと触れを出せ」

三浦は命じた。

「磔の刑に。しかし、お代官さま、天狗政の正体や居場所が分からない限り、清吉を殺してはならぬかと……」

野崎は戸惑った。

「野崎、頭の天狗政は清吉を助けに現れる」

三浦は、冷酷で狡猾な笑みを浮べた。

「罠《わな》ですか、それは妙案……」

野崎は頷いた。

汚ねえ事を企《たくら》みやがって……。

平九郎は、車坂代官三浦監物の狡猾さと悪辣さを知った。

囲炉裏の火は燃え上がった。

「代官の三浦監物は新田を切り開くと云って、一反ごとの権利を百姓衆に買えと迫り、金のない者には庄屋が金を貸し、庄屋はその借用証文を女郎屋の鶯屋に高値で売る……」

右近は眉を顰めた。

「左様。そして、鶯屋は借金を取り立て、返せない百姓衆の娘を借金の形として年季奉公させると云う絡繰《からく》りです」

浄雲は、白髪眉を歪めて腹立たしげに告げた。

「して、切り開かれた新田は……」

「そんなものはないのです」

浄雲は、哀しげに告げた。

「ない……」

右近は戸惑った。

「代官の三浦監物は、最初から新田を切り開く気などない。一反の権利証など只《ただ》の紙切れに過ぎぬ」

浄雲は、悔しさを滲《にじ》ませた。

「代官が騙《かた》りの真似とは、酷《ひど》いな……」

右近は呆れた。

「それにしても、良く逃げられましたな……」

浄雲は、源内と話をしている二人の百姓娘を見た。

「天狗政一味の者に助けられたそうだ」

「天狗政の一味……」

浄雲は白髪眉を顰めた。

「左様、清吉かもしれぬ」

右近は、浄雲を見据えて告げた。

「立花さん、お気付きでしたか……」

「ええ……」

「娘たちを助けた天狗政一味の者は、立花さんの睨み通り、清吉でしょう。あの辺りに小さな畑を借りていますから……」

「やはりな……」

右近は頷いた。

「御隠居……」

源内は、困惑した面持ちで右近の許《もと》にやって来た。

「どうした」

「いろいろ聞いたんだけどな。鶯屋の野郎どもと一緒にいた用心棒、薄汚ねえ黒い単衣《ひとえ》に黒い袴《はかま》。髪はばさばさの総髪で髷《まげ》は馬の尻尾、それでぎょろ眼の馬面だそうだぜ」

源内は、苦笑しながら告げた。

「大将か……」

右近は、源内の云った人相風体《ふうてい》から大将こと夏目平九郎を思い浮かべた。

「やっぱり、御隠居もそう思うか……」

源内は、満足げに頷いた。

「うむ。相違あるまい。そうか、大将が鶯屋の用心棒として一緒だったか……」

平九郎がいた限り、清吉が無事に逃げられたとは思えない。

右近は読んだ。

「立花さん……」

浄雲は、不安を滲ませた。

「浄雲どの、どうやら清吉は捕らえられたようだ」
右近は睨んだ。

車坂宿の高札場《こうさつば》には、役人たちによって高札が立てられた。
高札には、『盗賊、天狗政一味の百姓清吉。磔獄門の刑に処す』と記されていた。
行き交う人々は、高札を見上げて恐ろしげに囁き合った。
旅の雲水がやって来て、饅頭笠《まんじゅうがさ》をあげて高札を見上げた。
雲水は源内だった。
「やっぱり捕まっていたか。それにしても磔獄門とは酷《ひで》えな……」
源内は眉を顰めた。
役人たちがやって来た。
源内は、饅頭笠を被り直して経を読んだ。
高札は、車坂宿の木戸や辻《つじ》に次々と立てられていった。

おみねは女郎にされた。

女郎にされたおみねは、僅《わず》かな荷物を持って納屋から二階の女郎部屋に移された。

狭く古い部屋には、酒と白粉の匂いの他に女郎の哀しみも染み付いている。

おみねは、狭い部屋の片隅に座って絵馬を描いていた。

平九郎が入って来た。

おみねは、慌てて描いていた絵馬を隠した。

「絵馬か……」

平九郎は眉を顰めた。

「あんたには拘《かか》わりないよ」

おみねは、怒りを滲ませて突き放した。

「女郎にされたのは、俺のせいか……」

「違うよ」

おみねは、腹立たしげに否定した。

「違う……」

平九郎は戸惑った。

「ああ。あんたがどうだって、遅かれ早かれ女郎にされたんだ」

おみねは開き直った。

哀しい開き直りだった。

「そうか……」

平九郎は、酒を湯呑茶碗《ゆのみ》に注《つ》いで一息に飲み干した。

「どうかしたのかい……」

おみねは、平九郎に蔑んだ眼差しを向けた。

「清吉を捕らえた」

平九郎は伝えた。

「清吉さんを……」

おみねは驚いた。

「ああ……」

平九郎は頷いた。

おみねは、呆然として言葉を失った。そして、ぽろぽろと涙を零した。

平九郎は酒を飲んだ。

「罠だな……」

右近は睨んだ。

「罠……」

源内は眉を顰めた。

「うむ……」

「清吉の磔獄門がか……」

「うむ。おそらく頭の天狗政と一味の者共を誘《おび》き出す罠に違いあるまい」

「磔獄門で、天狗政一味が清吉を助けに来ると読んだか……」

「おそらくな。浄雲どの、清吉の磔獄門を知ったら頭の天狗政は助けに現れるかな」

右近は尋ねた。

「いいや。現れはしまい……」

浄雲は、首を横に振った。

「現れない……」

右近は、微かな戸惑いを覚えた。

「うむ……」

「己の一味の者が処刑されるのにか……」

右近は眉を顰めた。

「左様。現れまい」

浄雲は、困惑したように項垂《うなだ》れた。

「じゃあ清吉、危ねえな」

源内は読んだ。

「うむ……」

右近は頷いた。

「どうする、御隠居……」

「よし。万屋、大将に逢ってみるか……」

右近は、厳しさを滲ませた。

四

女郎屋『鶯屋』は、客で賑わっていた。

行燈《あんどん》の火が灯されたおみねの部屋には、客の笑い声や女郎の嬌声が僅かに聞こえていた。

平九郎は、手酌で酒を飲んでいた。

おみねは、平九郎に背を向けて身を固くしていた。

「おみね、俺と一緒に車坂を越えるか……」

「私が哀れだって云うのかい。気の毒だって云うのかい」

おみねは、平九郎を睨み付けた。

「おみね……」

「ふん。あんたなんかに、あんたなんかに哀れんで貰う筋合いじゃあないんだ」

おみねは、平九郎に殴り掛かった。

「止《よ》せ、おみね……」

「畜生。恨んでやる。甚兵衛も代官も野崎も、あんたも。恨んでやる。死ぬまで恨んで呪《のろ》ってやる」

おみねは、泣きながら平九郎に武者振り付いて揺らした。

平九郎の懐から木彫りの簪が落ち、鈴を鳴らした。

「姉ちゃん……」

おみねは、木彫りの簪を拾った。

「姉ちゃん……」

平九郎は眉を顰めた。

「ああ。姉ちゃんのたった一つの形見だよ」

おみねは、木彫りの簪を握り締めた。

「形見。ならば、お前の姉は……」

「死んだよ。車坂で野垂れ死にした足抜き女郎のおみつが私の姉ちゃんだよ」

「おみつ……」

平九郎は戸惑った。

「ああ……」

「清吉と恋仲だったおみつか……」

「そうだよ。姉ちゃんが足抜きして死んだから、子供だった私が代わりに下女として連れて来られたんだ」

おみねは泣いた。
平九郎は言葉を失った。
「越えてやる。いつか必ず足抜きして、姉ちゃんの代わりに必ず車坂を越えてやる」
おみねは、木彫りの簪を握り締めて酒を呷った。
平九郎は見守った。
木彫りの簪の鈴が鳴った。

宝泉寺の屋根は月明かりを浴び、蒼白く輝いていた。
浄雲は、囲炉裏の火に灰を掛けて土間に降り、緊張した面持ちで庫裏から出て行った。
囲炉裏の火は燻《くすぶ》った。
源内が、手槍を持って奥から出て来た。
「あれ、浄雲さま……」
源内は、怪訝に庫裏を見廻した。

「さあ、行くぞ、万屋……」

右近は、刀を腰に差しながら奥から現れた。

「う、うん……」

「どうした」

「御隠居、浄雲さまがいねえんだ」

「いない」

右近は眉を顰めた。

「ああ……」

「そうか。ま、良い。とにかく車坂宿に急ごう」

「心得た」

右近と源内は、宝泉寺の庫裏から出て行った。


おみねは酔い潰れた。

平九郎は、おみねにそっと蒲団を掛けた。

おみねの子供っぽい寝顔に涙が伝った。

平九郎は、おみねが握り締めていた木彫りの簪を髪に飾ってやった。
鈴が鳴った。
平九郎は、おみねが書いていた絵馬を取り上げて見た。
絵馬には、『清吉さんといつか車坂を……』と途中までが書かれていた。
「女郎の恨みと大八車、越すに越されぬ女郎坂か……」
平九郎は横になり、おみねに背を向けた。

女郎屋『鶯屋』の裏木戸が僅かに開いた。
源内が忍び込み、植込みの陰に潜んで辺りを窺った。
『鶯屋』の建物からは、男と女の卑猥な声が微かに洩れていた。
「羨ましいもんだ……」
源内は苦笑した。
厠の戸が開き、年増女郎のおさとが大欠伸《おおあくび》をしながら廊下に出て来た。
源内は、素早く廊下にあがり、おさとの口を背後から押さえた。
おさとは、喉《のど》を鳴らして眼を丸くした。

「あ、た、し……」

源内は、科を作っておさとに囁いた。

「なんだい。白粉屋さんか……」

おさとは安堵した。

「ねっ、用心棒の浪人、何処にいるの……」

源内は訊いた。


有明行燈の火は瞬いた。

平九郎は、軽い寝息を立てていた。

おみねは起き上がり、風呂敷包みから天狗の面と匕首を取り出した。

髪の木彫りの簪の鈴が鳴った。

平九郎は、軽い寝息を立てたまま眼を開け、おみねの様子を窺った。

おみねは、緊張した面持ちで天狗の面と匕首を持って立ち上がった。

「馬鹿な真似はするな」

平九郎は、寝たまま告げた。

おみねは、天狗の面と匕首を握り締めて平九郎を睨み付けた。

「代官所に行っても、清吉を助ける前に殺される。車坂は越えられんぞ」

平九郎は起き上がった。

「清吉さんを助けて、必ず越えてやる」

おみねは、部屋を出ようとした。

「死んではならん」

平九郎は、おみねを押さえた。

「離して……」

おみねは身を捩り、匕首を抜いて一閃した。

平九郎は躱さなかった。

血が飛んだ。

おみねは怯んだ。

平九郎の腕から血が滴り落ちた。

「あんた……」

おみねは驚き、震えた。

「気が済んだか、おみね……」

平九郎は、斬られた腕を押さえておみねに微笑み掛けた。

「死んだっていい。少しでも恨みを晴らして清吉さんと一緒に死ねればいい……」

おみねは、涙声を震わせた。

「おみね、それ程までに……」

「侍のあんたなんかに分からないよ。牛や馬より安く売られたり、泥の中を這いずり廻って生きている者の気持ちなんか。分かってたまるもんか……」

おみねは、平九郎の優しさを拒否し、必死に憎悪を燃やそうとした。

「分かった。清吉は俺が必ず助ける……」

平九郎は笑った。

「えっ……」

おみねは驚いた。

刹那、平九郎はおみねを当て落とした。

おみねは気を失った。

平九郎は、気を失って崩れ落ちるおみねを抱きかかえて寝かせた。

「だから、静かに待っていろ」

平九郎は、天狗の面を取った。

「漸く気が付いたか、大将……」

天井から源内の声がした。

平九郎は戸惑い、天井を見上げた。

源内が、天井裏から飛び降りて来た。

「万屋……」

「御隠居も来ているぜ」

源内は苦笑した。


平九郎は、血の滲む腕の傷に手拭《てぬぐい》を巻き付けた。

「どうした……」

右近は、平九郎に怪訝な眼を向けた。

「なんでもない、掠《かす》り傷だ」

平九郎は、腕の傷に巻いた手拭を縛った。

「そうか。して、清吉は代官所か……」

「ああ……」

平九郎は頷いた。

「代官所に何か仕掛けはあるのか……」

「鉄砲だ」

「鉄砲か……」

右近は眉をひそめた。

「あれ……」

源内が怪訝な声をあげた。

「どうした」

「うん。今、浄雲さまのような痩せた坊さまが辻を横切って行ったぜ」

源内は、辻の暗がりを見詰めた。

「なに……」

右近は、緊張を過ぎらせた。

車坂代官所の表門の扉が激しく叩かれた。

「天狗政が参上した。門を開けられよ」

天狗の面を被った墨染の衣の僧が、表門の扉を叩いて叫んだ。

表門の扉が軋みをあげて開かれた。

門内には、役人たちが六尺棒を手にして身構えていた。

天狗の面を被った僧は、役人たちを見廻しながら表門内に入った。

役人たちは、素早く表門の扉を閉めた。


天狗の面を被った僧は、役人たちに囲まれて庭先に佇んだ。

代官の三浦監物と手代の野崎平左衛門が濡縁《ぬれえん》に出て来た。

「おのれが、盗賊の天狗政か……」

三浦は、天狗の面を被った僧を睨み付けた。

「左様、儂が天狗政だ」

天狗の面を被った僧は云い放った。

「一人で来るとは良い度胸だ。天狗政」

三浦は嗤った。

「清吉は無事か……」

天狗の面を被った僧は尋ねた。

野崎は、役人に目配せした。

役人たちが、傷だらけの清吉を引き摺《ず》って来た。

「おお、清吉。無残な……」

天狗の面を取り、傷だらけの清吉に近寄った僧は浄雲だった。

「浄雲さま……」

清吉は、哀しげに項垂れた。

「清吉を解き放せ。その代わり、この天狗政の命をくれてやろう」

浄雲は叫んだ。

「お代官さま……」

女郎屋『鶯屋』甚兵衛が、寅吉、源太、鶴太郎たちを従えて出て来た。

「そいつは天狗政などではありません。浄雲って貧乏寺の糞《くそ》坊主ですぜ」

「黙れ、甚兵衛。儂が天狗政に相違ない。それ故、お前たちの望み通り、こうして出て来たのだ。清吉を解き放せ」

浄雲は怒鳴った。

「浄雲、手前……」

甚兵衛は熱《いき》り立った。

「もう良い。此の者が天狗政であろうが、只の坊主であろうが、清吉と一緒に始末する迄だ。斬り棄てろ」

役人たちは、浄雲に殺到した。

刹那、天狗の面が飛来し、先頭の役人の顔面に当たった。

役人が悲鳴をあげて仰け反った。

三浦、野崎、甚兵衛たちが驚き、役人たちは怯んだ。

「天狗政参上……」

右近が塀の上に現れた。

役人たちが響《どよ》めいた。

「おのれ、天狗政だと。斬れ、斬り棄てろ」

三浦は怒鳴った。

役人たちは、塀の上にいる右近に殺到した。

右近は、塀を蹴って夜空に飛んだ。そして、着地すると共に殺到した役人たちの一人を抜き打ちに斬り棄てた。

鮮やかな一刀だった。

役人たちは怯み、後退りした。

「怯むな、斬れ」

三浦は、右近の手練に驚きながらも役人たちに怒鳴った。

役人たちは、右近に襲い掛かった。

右近は、襲い掛かる役人たちと闘った。

縁の下から現れた源内が、清吉を押さえている役人たちを蹴散らし、仕掛け槍を構えた。

仕掛け槍の両端から穂先が飛び出た。

「さあ、来い……」

源内は、浄雲と清吉を庇って身構えた。

役人たちは、右近、源内、浄雲、清吉を取り囲んだ。

「浄雲どの、何故、天狗政などと……」

右近は、浄雲に尋ねた。

「立花さん、天狗政などと云う頭など最初からおらぬ。盗賊は清吉たち百姓ばかりなのだ」

「成る程、そうか……」

役人は、雄叫びをあげて斬り付けた。

右近は、鋭い一刀を浴びせて斬り伏せた。

「我らが退治するのは代官とその一味。代官の悪事に拘わりなき者は去れ」

右近は、役人たちに告げた。

「黙れ、盗賊の分際で……」

三浦は手をあげた。

屋根の上に二人の役人が現れ、右近に向けて鉄砲を構えた。

右近と源内は、浄雲と清吉を後ろ手に庇って身構えた。

「盗賊天狗政もこれ迄、年貢の納め時だな」

三浦は、残忍な笑みを浮べた。

「撃ち殺せ」

三浦は、屋根の上で鉄砲を構えている二人の役人に命じた。

「そうはさせるか……」

平九郎が屋根の上に現れ、鉄砲を構えている二人の家来を蹴飛ばした。

二人の家来は、悲鳴をあげて屋根から転げ落ちた。

「夏目……」

三浦、野崎、甚兵衛たちは驚いた。

「手前ら悪党の薄汚ねえ遣《や》り口《くち》、篤と見せて貰ったぜ」

平九郎は、屋根から飛び降りた。

「さあて、車坂代官三浦監物、百姓衆を弄《もてあそ》んで私腹を肥やした罪は許せぬ。無念の想いを抱いて死んだ者たちになり代わって斬る」

右近は告げ、猛然と三浦に斬り掛かった。

三浦は、野崎、甚兵衛、寅吉たちを矢面に立たせて代官所の奥に逃げた。

右近と平九郎は、襲い掛かる野崎、甚兵衛、源太、役人たちと斬り結びながら三浦を追って代官所の奥に向かった。

源内は、浄雲と清吉を庇って寅吉や鶴太郎と闘った。

「この白粉屋……」

寅吉と鶴太郎が、源内に斬り付けた。

源内は、鶴太郎を手槍で突き倒して寅吉に迫った。

「や、止めろ白粉屋」

寅吉は、追い詰められて震えた。

「何が止めろだ。何が売上げの半分が定法だ。遣られたら遣り返すのが、この霞源内さまの定法だ」

源内は、襲い掛かる寅吉を殴り倒して突き刺した。

「退け……」

平九郎は、逃げる源太の尻を蹴飛ばし、甚兵衛に追い縋った。

「くそっ……」

甚兵衛は、振り返って平九郎に斬り付けた。

「馬鹿野郎……」

平九郎は、身を沈めて胴田貫を横薙《よこな》ぎに一閃した。

甚兵衛は、腹を斬られ、顔を醜く歪めて倒れた。

刹那、野崎が背後から平九郎に襲い掛かった。

平九郎は、振り返り態《ざま》に胴田貫を真っ向から斬り下げた。

胴田貫が唸《うな》りをあげた。

野崎は、斬り割られた額から血を飛ばして仰向けに倒れた。


右近は、三浦を奥座敷に追い詰めた。

三浦は、刀を抜き払った。

「素《そ》っ首《くび》、貰い受ける」

右近は嗤った。

「黙れ……」

三浦は、怒号をあげて右近に斬り掛かった。

右近は踏み込み、刀を一閃した。

刀は煌めいた。

右近は、三浦と擦れ違って残心の構えを取った。

三浦は立ち竦んだ。そして、刎《は》ね斬られた首の血脈から血を噴き飛ばしながら倒れた。

右近は、懐紙で刀を拭った。

「天狗政だあ……」

女郎屋『鶯屋』から男の悲鳴があがり、若い衆が我先に逃げ出した。

おさとたち女郎が部屋から顔を出し、半裸の客たちは己の着物を抱えて逃げ惑った。

「いいか。お前たち女郎の年季は今夜で明けた。さっさと出て行き、二度と戻って来るな」

平九郎は、天狗の面を被って叫び廻った。

おさとたち女郎は、歓声をあげて荷造りを始めた。

平八郎は、おみねの部屋の襖《ふすま》を開けた。

部屋の中では、おみねが荷物を纏めていた。

「浄雲さまの宝泉寺に行け」

平九郎は告げた。

「あんた……」

おみねは、天狗の面を被った男が平九郎だと気付いた。

「さっさと行け」

平九郎は怒鳴り、立ち去った。


長火鉢で様々な証文が燃えあがっていた。

源内は、縁起棚の下の袋戸棚を開けて何かを探していた。

「どうだ万屋、証文はあったか……」

平九郎が入って来た。

「ああ。ありったけ、全部燃やしたぜ」

源内は、袋戸棚に顔を突っ込んだまま何かを探し続けた。

「だったら何を探しているんだ」

「あった……」

源内は、袋戸棚から金箱を引き摺り出した。

「金か……」

「ああ……」

源内は、金箱の蓋を開けた。

金箱には、小判や一分金《いちぶきん》や一朱金が入っていた。

「さあて、天狗政が戴くって寸法だぜ」

源内は、嬉しげに笑った。

「よし。万屋、この金、俺が清めてやる」

「えっ……」

源内は驚いた。

平九郎は、驚く源内を尻目に天狗の面を被り、金箱を抱えて出て行った。

「大将、清めるって、どうするんだ」

源内は、慌てて続いた。

店の土間には、荷物を抱えたおさとたち女郎が押し合いながら『鶯屋』から出て行こうとしていた。

「待て、みんな。この金はお前たちの稼いだ金だ。持っていけ」

天狗の面を被った平九郎が、金箱の金を撒《ま》いた。

小判や一分金が煌めきながら舞い、土間に落ちて飛び散った。

おさとたち女郎は、歓声をあげて小判を拾い始めた。

「持っていけ……」

平九郎は金を撒いた。

女郎たちは、大騒ぎをして金を拾った。

「こんな事だろうと思ったぜ……」

源内はへたり込んだ。

やって来たおみねは、金を撒く平九郎に戸惑った。そして、涙を浮べて平九郎にそっと手を合わせた。

「持ってけ……」

平九郎は、賑やかに金を撒き続けた。

小判と一分金や一朱金が、宙を舞い土間に弾んで煌めいた。

小さな地蔵の祀られた粗末な祠には花と線香が供えられ、浄雲が朗々と経を読んでいた。

おみねと清吉は、浄雲の背後で手を合わせていた。

右近と源内は見守った。

浄雲の経は終わった。

「立花さん、源内さん、いろいろお世話になりました」

浄雲は、右近と源内に深々と頭を下げた。

おみねと清吉が続いた。

「いや。こちらこそ世話になった」

「あの、平九郎さまは……」

おみねは尋ねた。

「ああ、あいつは深く反省して、先に行っちまったよ」

源内は苦笑した。

「そうですか……」

おみねは、僅かに肩を落とした。

「何か伝える事があれば、聞いておくが……」

右近は微笑み掛けた。

「はい。お陰さまでやっと車坂を越えられると……」

おみねは頭を下げた。

髪に飾られた木彫りの簪の鈴が鳴った。

「分かった。必ず伝える。ではな……」

右近と源内は、峠道を旅立った。

「忝《かたじけ》のうございました」

浄雲、おみね、清吉は、旅立つ右近と源内を見送った。


鈴の音は、微かに響いて消え去った。

右近と源内は峠道を進んだ。

平九郎が木陰にいた。

「おう、待たせたな」

「いや……」

平九郎は、木陰を出て右近や源内に並んだ。

「おみねからの言付けだ」

「言付け……」

「うむ。お陰さまでやっと車坂を越えられるとな……」

右近は、平九郎に笑い掛けた。

「そうか。女郎の恨みと大八車、越すに越されぬ車坂か……」

「おみねは越えたよ」

右近は微笑んだ。

「ああ……」

平九郎は笑った。

「さあて、夜烏の弥十郎と七化けおりん、今日は何処まで逃げたやら……」

源内は、広がる空を眺めた。

「うむ。必ず捜し出してくれる」

平九郎は息巻いた。

「ま、焦らずやるさ」

右近は笑った。

三匹の浪人は、盗賊夜烏の弥十郎と七化けおりんを追って次の宿場に旅立った。

第三話　返り討ち

一

『是より大月宿』の道標《みちしるべ》。

立花右近は、盗賊夜烏《よがらす》の弥十郎と七化けのおりんを追って甲州路を進み、大月宿にやって来た。

「大月か……」

右近は、遠くに見える岩殿山《いわどのさん》を眺めた。

岩殿山は黒い雲に覆われ始め、遠雷が響いた。

「一雨くるか……」

右近は、雨を凌《しの》げる処に急ぐ事にした。

「仇討だ。仇討だぞ……」

土地の百姓や旅人たちが、口々に叫びながら一方に走って行った。

「仇討……」

右近は眉《まゆ》を顰《ひそ》めた。


宿場外れの御堂の前には、百姓町人や旅の者たち野次馬が集まっていた。

右近は、野次馬の背後から中を覗《のぞ》き込んだ。

人相の悪い旅の初老の浪人に対し、やはり旅の武家の姉弟と家来が刀を抜いて迫っていた。

「頼む。儂《わし》の話も聞いてくれ」

初老の浪人は、必死な面持ちで頼んだ。

「臆《おく》したか桑原英之助《くわばらひでのすけ》。父の仇、今こそ討ち果たす。尋常に勝負しろ」

小太刀を構えた武家の姉が叫んだ。

「確かに儂は、おぬしたちの父を斬った。だが、それには訳が……」

「黙れ、卑怯者《ひきょうもの》」

武家の姉弟と家来は、桑原英之助に猛然と斬り掛かった。

「致し方ない……」

桑原英之助は、人相の悪い顔を哀しげに歪めて刀を抜いた。

武家の姉弟と家来は、思わず怯《ひる》んで後退りした。

「人殺し、さっさと討たれてしまえ」

「仇を討たせてやれ」

武家の姉弟に同情した野次馬が、桑原を罵《ののし》って石を投げ付けた。

右近は眉を顰めた。

桑原は、飛来した石を顔面に受けて思わず仰け反った。

武家の姉弟の家来が、その隙を衝《つ》いて桑原を斬った。

桑原は、腹を斬られてどっと倒れた。

「若さま、お嬢さま、止《とど》めを……」

家来は叫んだ。

「父の仇、桑原英之助覚悟……」

武家の姉弟は刀を翳《かざ》して、倒れている桑原に迫った。

「お待ち下さい」

職人姿の中年男が野次馬の中から飛び出し、桑原を庇《かば》って土下座した。

武家の姉弟は戸惑った。

「お願いでございます。仇討は見事に御本懐をお遂げになりました。何卒《なにとぞ》、この方の詳しいお話をお聞き下さい」

「何だ、お前は……」

武家の姉弟の家来が咎《とが》めた。

「通りすがりの者にございます。止めを刺されるのなら、どうか詳しいお話を聞いてから……」

「黙れ。邪魔立てするな」

武家の家来が遮り、職人を蹴《け》飛《と》ばした。

武家の姉弟が、必死に起き上がろうとしていた桑原に止めを刺した。

桑原は、苦しく呻《うめ》いて絶命した。

雷が鳴り、雨が降り始めた。

野次馬は慌てて散った。

「若さま、お嬢さま、御本懐おめでとうございます。早速、郡代所に届け出を致し、国許《くにもと》に帰参致しましょう」

家来は、武家の姉弟を促した。

「うん……」

武家の姉弟は、家来と共に郡代所に向かった。

桑原の死体と職人は、降りしきる雨の中に残された。

右近は見守った。

職人は、雨に打たれている桑原の死体に手を合わせ、背負おうとした。だが、濡《ぬ》れた地面に足を滑らせた。

右近が手を貸し、桑原の死体を背負わせた。

職人は、右近に黙って頭を下げた。

「如何《いかが》致す」

「せめて、人間らしく弔いを……」

「付き合おう」

職人は、桑原の死体を背負って歩き出した。

右近は続いた。

雷が鳴り、雨は降り続いた。


雨はあがり、山寺の軒先から雨垂れが滴り落ちた。

職人と右近は、墓地の片隅に桑原を葬って石を載せた土饅頭《どまんじゅう》に手を合わせた。

「哀しそうだったな……」

「はい……」

「おぬし、何故にこの浪人を助けようとしたのだ」

「し、知り合いに、仇と追われている者がおりまして……」

職人は、僅かに狼狽《うろた》えた。

「ほう、そうか……」

「その者は、斬りたくて相手を斬った訳ではありません。それなのに仇と。ですから、この方にも云いたい事がきっとあったかと……」

職人は、悔しさを過《よ》ぎらせた。

「そうだな。あの姉弟には父親を殺した憎い相手に違いなかろうが、この浪人にも姉弟の父親を斬るだけの事情があったのだろう」

右近は読んだ。

「はい……」

職人は頷いた。

「武士の定めとは申せ、仇討とは虚《むな》しいものだ。おぬしのしてくれた事、同じ武士として礼を云うぞ。ではな……」

右近は、職人に頭を下げて立ち去ろうとした。

「お侍さま……」

職人は、右近を呼び止めた。

「何だ……」

「宜《よろ》しければ、手前の荒屋《あばらや》でお着物を乾かされては……」

「うん……」

右近は、己の濡れた着物を見てくしゃみをした。

人足は、木刀を振り上げ猛然と夏目平九郎に打ち込んだ。

平九郎は、木刀を鳴らして派手に打ち合いながら後退りした。

「おぬし、中々のもんだな」

平九郎は、木刀で打ち込む人足を誉めて持ち上げた。

人足は、勇んで打ち込んだ。

このぐらいで良かろう……。

平九郎は、打ち込む人足の木刀を無造作に叩《たた》き落とした。

見物人たちは拍手をした。

「いやあ、残念。惜しかったな。先ずは打ち込み代の十文だ」

平九郎は、人足に『打ち込み一回十文。見事に打ち込んだら賞金』と書いた板を見せた。

人足は、平九郎に十文払った。

「ありがとう、御苦労さん。さあ、他にも打ち込んでみようと云う者はいないかな。打ち込み代はたったの十文。見事に打ち込めば賞金だ。さあ、いないかな……」

平九郎は、見物人を見廻した。

「退《ど》け……」

三人の旅の武士は、見物人の背後から出て来た。

「賭《か》け試合か……」

総髪の武士は、嘲笑《ちょうしょう》を浮べて進み出て木刀を取った。

「おぬしが打ち込むか。武士は一朱貰《いっしゅもら》うぞ」

平九郎は告げた。

刹那《せつな》、総髪の武士は、平九郎に鋭く打ち込んだ。

平九郎は躱《かわ》し、打ち込んだ。

木刀が甲高く鳴った。

平九郎と総髪の武士は、一歩も譲らず木刀を唸らせて打ち合った。

見物人たちは、息を飲んで見守った。

「小五郎《こごろう》さま、中々の遣い手ですな」

中年の武士は、小五郎と呼んだ若い武士に囁《ささや》いた。

「うむ。神道無念流《しんとうむねんりゅう》の使い手の原田《はらだ》軍兵衛《ぐんべえ》と互角に打ち合うとはな」

小五郎は感心した。

「はい……」

中年の武士は頷いた。

次の瞬間、平九郎と原田と呼ばれた総髪の武士の木刀が絡み合って飛んだ。

原田は刀を抜いた。

平九郎は、素早く胴田貫《どうたぬき》を抜き払って対峙《たいじ》した。

「そこ迄《まで》だ、原田どの」

小五郎は止めた。

「しかし、小五郎どの……」

原田は、平九郎を見据えて構えを解かなかった。

「止《や》めた」

平九郎は、胴田貫を引いた。

「なに……」

原田は戸惑った。

「賭け試合で命の遣り取りする事もあるまい」

平九郎は笑った。

「その通りだ」

小五郎は頷いた。

原田は、不服げに刀を鞘《さや》に納めた。

「おぬしほどの遣い手が、何故賭け試合などをしているのだ」

小五郎は、平九郎に尋ねた。

「金だ。金が欲しいのに決まっているだろう」

平九郎は苦笑した。


粗末な百姓家には窯場と納屋があり、傍らを流れるせせらぎには唐臼《からうす》があった。

囲炉裏の火は燃え上がった。

右近は着物を干し、竹籠《たけかご》に寝かされている赤ん坊をあやしていた。

赤ん坊は、右近にあやされて楽しげな声をあげていた。

土間には轆轤《ろくろ》などの陶器作りの道具があり、片隅には出来上がった皿、茶碗、鉢などがあった。

中年の職人と女房が、台所から酒と山菜料理などを持って来た。

「立花さま、何もございませんが……」

「いやいや、このような天気の日に、囲炉裏の火と清作《せいさく》さんとおきぬさんの温かさは身に染みる」

右近は微笑んだ。

中年の職人の名は清作であり、女房はおきぬ、赤ん坊は太郎《たろう》と云った。

「山のものばかりですが、どうぞ……」

おきぬは、右近の前に山菜料理を出した。

「忝《かたじけ》ない……」

「地元の酒です。お口に合うかどうか……」

清作は、右近に酒を勧めた。

右近は、置かれたぐい呑《の》みを手にとり、酒を受けて飲んだ。

「うむ……」

右近は、眼を瞠《みは》ってぐい呑みを見詰めた。

「お口に合いませんか……」

清作は眉を顰めた。

「いや。酒ではなく、このぐい呑みだ。これは清作さんが作った物か」

右近は、ぐい呑みを示した。

「はい」

「ふうむ。焼き物の事は良く分からぬが、手触りといい、口触りといい、酒を一段と美味くしてくれる」

右近は、ぐい呑みを見廻して感心した。

「ありがとうございます」

清作は、嬉しげに礼を述べた。

「良かったですね、お前さま」

おきぬは微笑んだ。

「清作さん、陶工の仕事は長いのか……」

「いいえ。他に出来る事もなく。夫婦で親方の処に住込み、やっと一人前に。懸命にやるだけにございます」

「そうか。清作さんの懸命さが、このぐい呑みに乗り移っているのだろう」

右近は誉めた。

「そのような……」

清作は照れた。

右近は、ぐい呑みの酒を飲んだ。

「まことに美味い……」

「立花さま、そのぐい呑み、お気にいられたのなら、進呈致します」

「まことか……」

右近は、顔を輝かせた。

「はい。立花さまに気にいって戴《いただ》き、幸せなぐい呑みにございます」

「忝ない」

右近は、ぐい呑みに惚《ほ》れ惚《ぼ》れと見入った。

「さあさあ、どうぞ……」

清作は、右近に酒を勧めた。

「どうだ清作さん、私をおぬしの弟子にしてはくれぬか……」

右近は、清作に頼んだ。

「弟子……」

清作は戸惑った。

「うむ。この通りだ」

右近は、清作に両手をついて頭を下げた。


小さな絵草紙屋には客もいなく、若い店主が手持ち無沙汰《ぶさた》な顔で店番をしていた。

「あっ、駄目、そこは駄目……」

霞源内の声が、店の奥の部屋から聞こえた。

「なんだあ……」

若い店主は、怪訝《けげん》な面持ちで奥の部屋を覗いた。

「いいじゃあないの、ちょっとぐらい、ねえ。駄目なものは駄目、許して、お願い……」

源内は、台詞《せりふ》の遣《や》り取りを科《しな》を作って呟《つぶや》きながら紙に筆を走らせていた。

「源内先生、大丈夫ですか……」

若い店主は、部屋を覗き込んで心配した。

「心配するな、千吉《せんきち》。官能と美の極致をちょちょいのちょいと、若い連中がきゃあきゃあ云って買いに来る。この江戸の売れっ子戯作者《げさくしゃ》、霞亭源内先生にお任せあれ……」

源内は、若い店主を千吉と呼び、胸を叩《たた》いてみせた。

「そうかなあ。せめて、私の出した元手ぐらいは売れて欲しいな」

「ううむ。構想十年の大傑作。いいじゃあないか、いや、馬鹿、そこじゃあない、許して、と……」

源内は筆を走らせた。

居酒屋に客は少なかった。

平九郎は座敷にあがり、小五郎、原田軍兵衛、中年の武士たちと酒を飲んだ。

「私は浪人の夏目平九郎……」

「夏目平九郎どのか。拙者は江戸から来た旗本の水野《みずの》小五郎。こちらは原田軍兵衛どの。そして、我が水野家家来の今井平蔵《いまいへいぞう》だ」

小五郎は、平九郎に原田軍兵衛と中年の武士の今井平蔵を引き合わせた。

「うむ。で、水野どの、私に何用だ」

「兄の仇討の助太刀《すけだち》をお願いしたい」

「仇討の助太刀……」

　平九郎は戸惑った。

「左様。それなりの金は出す。賭け試合で小銭を稼ぐより良いだろう。如何かな」

　小五郎は、平九郎の金のなさを見透かした侮りの眼差《まなざ》しを向けた。

「分かった。五両だ。前金で五両。鐚一文《びたいちもん》まけられんぞ」

「前金で……」

　小五郎は眉を顰めた。

「ああ、前金だ。その代わり、仇討の助太刀は夏目平九郎、武士の面目に賭けて必ずや果たす。頼む、前金で五両だ」

　平九郎は、小五郎に頼んだ。

「よし。平蔵……」

「はっ……」

　今井平蔵は、五枚の金を出して平九郎に渡した。

平九郎は、五両の小判を握り締めた。

「すまぬ。恩に着る。ならば、暫《しばら》く待っていてくれ」

平九郎は、腰を浮かした。

「待つ……」

小五郎、原田、平蔵は戸惑った。

「ああ。この五両で急ぎ片付けなければならぬ事があってな。必ず戻る。夏目平九郎、決して嘘《うそ》偽りは申さぬ。信じてくれ」

平九郎は、五両を握り締めて飛び出して行った。

「小五郎どの、あのような男、雇ってどうするのだ」

原田は、不服げに酒を飲んだ。

「仇の篠崎清一郎《しのざきせいいちろう》を捜すには、旅慣れた者がいた方が良い。篠崎は何と申しても兄を斬った遣い手。おぬしと五分に立ち合える男なら尚更だ……」

小五郎は、狡猾《こうかつ》な笑みを浮べた。

五枚の小判は、音を立てて飛び散った。

女郎屋の主《あるじ》は、平九郎に小判を叩き付けられて驚いた。

「受け取れ、五両だ。これでおはるは身請けした。さっさと借用証文を出せ」

「は、はい……」

女郎屋の主は、借用証文を出して平九郎に渡した。

平九郎は、借用証文を引ったくって長火鉢に突っ込んだ。

「これで、おはるは自由の身だぞ」

平九郎は、女郎屋の主を怒鳴った。

借用証文は燃え上がった。

平九郎は、病に窶《やつ》れた女郎のおはるを搔巻《かいまき》にくるんで背負い、女郎屋を出た。

「さあ、おはる坊、おっかさんやみんなの処に帰るぞ」

平九郎は、背中のおはるを励ました。

「ありがとうございます、夏目さま……」

おはるは、嬉し涙を零《こぼ》した。

「何を言っている。道に迷い、腹を減らして野垂れ死にしそうになった俺を、おはる坊のおっ母さんは助けてくれた上に、自分たちの芋粥《いもがゆ》を御馳走《ごちそう》してくれた。あの美味い芋粥の恩に報いるには、おっ母さんの手紙を届けるぐらいでは済まぬ……」

平九郎は、助けてくれたおっ母さんに頼まれ、借金の形に身売りしたおはるに手紙を届けに来た。だが、おはるは病に罹《かか》り、納屋に寝かされていた。

平九郎は、おはるに医者を呼んでやってくれと女郎屋の主に頼んだ。だが、女郎屋の主は稼げない女郎に金は掛けられないと、平九郎の頼みを一蹴した。

平九郎は、身請金が五両と知り、何とか都合しようと賭け試合をしていたのだ。

「さあ、岩殿山の麓《ふもと》の家まで一っ走りだ」

平九郎は、おはるを背負って先を急いだ。

大月宿は夕陽に覆われていった。

二

大月の宿場には大勢の旅人が行き交った。

右近は、清作を手伝って宿場にある陶器問屋『壺屋《つぼや》』に出来上がった陶器を運んだ。

陶器問屋『壺屋』の主人の蒼民《そうみん》は、清作の作った皿や丼などを厳しい眼で吟味した。

清作と右近は、緊張した面持ちで蒼民の吟味が終わるのを待った。

「良いだろう、清作」

蒼民は頷いた。

「ありがとうございます」

清作は、満面に安堵《あんど》を浮べた。

「番頭さん、品物の全部を引き取り、お金をいつもより一割多く払いなさい」

蒼民は、控えていた番頭に命じた。

「畏《かしこ》まりました」

番頭は頷き、手代や小僧に清作の持って来た陶器を運ぶように命じた。

「良かったな、清作さん……」

右近は、清作の為に喜んだ。

「はい」

「清作、また腕をあげたね」

蒼民は誉めた。

「みんな、蒼民さまのお陰にございます」

清作は、『壺屋』蒼民の弟子となって陶工の修業をしたのだ。

陶器問屋『壺屋』蒼民こそが、清作の陶工の師匠だった。

「では、品物を運び込みます……」

清作は、店の表に出た。

右近は続いた。


清作と右近は、大八車から陶器を降ろして陶器問屋『壺屋』に運び込んだ。

「あれ、御隠居じゃないか……」

平九郎が、小五郎、原田、平蔵と一緒にやって来た。

「おう。大将か……」

右近は、平九郎に気付いた。

清作は、平蔵を見て僅かに狼狽え、『壺屋』の暖簾《のれん》の陰に隠れた。

「何だ、御隠居。到頭《とうとう》、食い詰めて雇われ人足か……」

平九郎は笑った。

「違う違う。私は今、陶工の修業をしているのだ」

「陶工だと……」

平九郎は戸惑った。

「うむ。皿や丼、壺などを作る陶工だ」

「そいつはまた酔狂な……」

平九郎は呆れた。

「まあな。して大将、おぬしは何をしているのだ」

「俺か、俺は仇討の助太刀よ」

「仇討の助太刀……」

右近は眉を顰めた。

「ああ。兄上を闇討ちした仇を追って江戸から来た旗本の倅《せがれ》でな。少々訳があって雇われた」

平九郎は、小声で告げながら離れた処で待っている小五郎、原田、平蔵を示した。

「ほう。それで助太刀か……」

右近は苦笑した。

「夏目どの、行くぞ」

小五郎は、平九郎を呼んだ。

「おう。じゃあな、御隠居」

「うむ……」

右近は頷いた。

「やあ、お待たせ、お待たせ……」

平九郎は、小五郎、原田、平蔵たちに駆け寄り、立ち去って行った。

右近は見送り、陶器を持って『壺屋』に入ろうとし、暖簾の陰に固い面持ちでいる清作に気付いた。

「どうした清作さん、顔色が悪いぞ」

右近は眉を顰めた。

「えっ。いいえ、別に……」

清作は、顔を隠すかのようにして陶器を運んだ。

「妙だな、急に……」

右近は首を捻《ひね》った。


大月郡代所は宿場の奥にあった。

水野小五郎は、家来の今井平蔵を従えて郡代の土屋《つちや》主水正《もんどのしょう》に逢い、仇討免許状を差し出した。

郡代の土屋主水正は、仇討免許状を読み終えた。

「確かに仇討免許状。小五郎どの、おぬしの兄の水野忠盛《ただもり》とは幼き時からの友。その仇を討ち果たすに、如何《いか》なる助力も惜しまぬぞ」

土屋は、仇討免許状を小五郎に返した。

「忝のうございます。無事に仇討本懐を遂げれば、旗本二千石水野家の恥辱を晴らせ、拙者も家督が継げます」

小五郎は、嬉しげに笑った。

「うむ。で、忠盛を斬った篠崎清一郎なる者、この大月にいるのは確かなのか……」

「はい。過日、大月に来た者が見掛けております。先ずは間違いないものかと……」

「しかし、忠盛は日光奉行をしていて斬られたと聞く。小五郎どの、おぬしその篠崎清一郎の顔、見知っているのか……」

土屋は眉を顰めた。

「それは、この今井平蔵が……」

小五郎は、背後に控えている平蔵を示した。

「拙者、忠盛さま家来として日光にお供をし、篠崎清一郎の顔、確《しか》と覚えております」

平蔵は告げた。

「そうか。ならば一刻も早く見付け出し、本懐を遂げるのだな」

「はい。つきましては土屋さま、殺された兄の友としてお願いがございます」

小五郎は、薄笑いを浮べた。

「何かな……」

「万が一、仇の篠崎清一郎が見付からぬ時は、罪人を一人、戴きたい」

「小五郎どの、おぬし、まさかその罪人を仇の身代わりに……」

土屋は、小五郎の腹を読もうとした。

「郡代の土屋さまが、その者を篠崎清一郎とお認め下されば済む話。仇討の旅に出て早五年。些《いささ》か飽きました」

小五郎は、狡猾な笑みを浮べた。

「流石《さすが》は水野忠盛が弟の小五郎、抜け目がないな。では、儂の頼みも聞いて貰うぞ」

土屋は苦笑した。

「何なりと……」

「大月の陶器の元締に壺屋蒼民と云う者がおってな。何かと儂に楯を突く。少し痛めつけて貰いたい」

「お安い御用です」

小五郎は嗤《わら》った。


右近は、割った薪《まき》を抱えて清作の家に入ろうとした。

清作とおきぬの話し声が、家の中から聞こえた。

右近は、腰高障子を開けようとした手を止めて佇んだ。

赤ん坊の太郎は、竹籠の中で眠っていた。

「今井平蔵が……」

おきぬは驚いた。

「うむ。忠盛の弟と思われる者とな……」

清作は、陶器問屋『壺屋』の前で今井平蔵を見掛けたのをおきぬに話した。

「やはり、逃れられないものなのですね」

おきぬは、哀しげに太郎を見詰めた。

「おきぬ……」

「私の為に申し訳ありませぬ」

おきぬは、清作に詫びた。

「いや、おきぬ、お前が悪いのではない。悪いのは忠盛だ。だから俺は奴を……。

誰にも恥じるものではない」

清作は云い切った。

「ですが……」

おきぬは、不安げに清作を見詰めた。

「心配するな」

「如何でございましょう。蒼民さまに相談してみては……」

「恩人の蒼民さまは、今、郡代の土屋の横暴と必死に闘っている。それなのに我々の事で迷惑はお掛け出来ない……」

「やっと落ち着き、太郎も生まれ、静かな暮らしが出来たのに……」

おきぬは、零れる涙を拭った。

「おきぬ……」

清作は、嗚咽《おえつ》を洩らすおきぬを優しく抱き締めた。


右近は、割った薪を戸口の傍《そば》に置き、そっと立ち去って行った。


平九郎と原田軍兵衛は、旅籠《はたご》の客室で酒を飲んでいた。

小五郎と今井平蔵が帰ってきた。

「如何でござった、郡代は……」

原田は尋ねた、

「仇討免許状がある限り、いつ何処ででも本懐を遂げろとの事だ」

「それは重畳《ちょうじょう》。詳しい話は原田どのから伺った。武士の意地を貫き、仇討本懐を遂げようと十六の歳《とし》から仇討の旅に出られた小五郎どのの志。この夏目平九郎、つくづく感服致した。ま、一献如何かな」

平九郎は、小五郎に酒を勧めて自分も手酌で飲んだ。

「夏目どの、明日から今井と共に大月の宿場界隈《かいわい》を廻り、篠崎清一郎を探して貰おう」

小五郎は告げた。

「心得た。兄上を闇討ちした篠崎清一郎、早々に討ち果たし、これ以上の美酒に酔いたいものですな」

平九郎は、酒を飲みながら笑った。

行燈《あんどん》の火は、座敷を仄《ほの》かに照らした。

陶器問屋『壺屋』蒼民は、訪れた立花右近を座敷に迎えた。

「そうですか。清作は私に迷惑は掛けられぬと申しましたか……」

「左様。蒼民どの、清作さんとおきぬさんは武家の出とみたが……」

右近は、蒼民を見詰めた。

「うむ……」

蒼民は頷いた。

「やはりそうですか。して、ひょっとしたら仇持ちでは……」

「もし、そうだとしたなら、立花さまは如何しますか……」

蒼民は、右近に厳しい眼差しを向けた。

「だとしたら、何とか討手から逃れさせ、陶工としての静かな暮らしを続けさせてやりたい……」

右近は、己の想いを告げた。

「立花さま……」

「そう思い、蒼民どのに相談に参ったのだ」

「立花さま、何故、そのように清作を……」

蒼民は眉を顰めた。

「清作さんは、仇として討たれた見ず知らずの浪人を庇い、弔いまでした。その心、私は好きだ。そして、清作さんの焼いたぐい呑みもな……」

右近は、清作から貰ったぐい呑みを懐《ふところ》から出して見せた。

「色といい形といい、何の小細工もない爽《さわ》やかさを感じる。私はそれを守ってやりたい」

「そのぐい呑み、清作が儂の処に来て、二年掛かって初めて焼いた物です」

「此のぐい呑み、二年も掛かって……」

「左様。清作は二年掛かって武士を棄て、陶工になりきれたのです」

「そうでしたか……」

「立花さま。清作は立花さまが見抜いた通り、かっては篠崎清一郎と申し、日光奉行所で役人をしていた武士で、仇として追われている者に相違ありません」

「篠崎清一郎……」

右近は、陶工の清作の素性を知った。

「はい。五年前、日光で奉行の水野忠盛と申す旗本を斬り、おきぬさんを連れて逐電した者なのです」

「奉行を斬った理由、蒼民どのは御存知ですか……」

「はい。清作とおきぬさんに聞いた話は……」

「その話、聞かせて下さい」

「日光奉行の水野忠盛、清作の許嫁だったおきぬさんを妾にしようと無理矢理に……」

蒼民は、微《かす》かな怒りを滲《にじ》ませた。

五年前、水野忠盛はおきぬを手込めにしようとした。

おきぬは、必死に抗《あらが》って許しを請うた。だが、忠盛は止めなかった。

篠崎清一郎は駆け付け、おきぬを許してやってくれと懸命に頼んだ。

忠盛は激怒し、清一郎を斬ろうとした。

清一郎は、忠盛の刀を躱して抜き打ちの一刀を放った。

水野忠盛は、血を振り撒《ま》いて絶命した。

「そして、清作さんとおきぬさんは逐電しましたか……」

「左様、清作とおきぬさんは諸国を逃げ廻り、疲れ果てて大月に辿《たど》り着いたのです。しかし、清作もおきぬさんも荒んではいなかった。互いに庇い合い、懸命に生きようとしていました。討手がいつ現れるかと怯《おび》えながらも……」

蒼民は、清作とおきぬを哀れんだ。

「それ故、清作さんとおきぬさんの話を信じましたか……」

「はい……」

蒼民は、右近を見据えて頷いた。

「私も信じます」

右近は微笑んだ。

「立花さま……」

「非は水野忠盛にあり、斬られても仕方がありますまい」

右近は云い放った。

「しかし、それは清作とおきぬさんを信じる者の想い。水野忠盛の一族はその力で仇討願いを御公儀に届け、討手を出した。理不尽な話にございます」

「如何にも……」

右近は、平九郎と一緒にいた小五郎、原田、平蔵たちを思い出した。

奴らか……。

「蒼民どの、良く話して下された」

「立花さま……」

「立花右近、何としてでも清作さんを討手から護り抜く、おきぬさんと太郎の為にも……」

右近は、不敵な笑みを浮べた。

大月の宿は旅人たちで賑《にぎ》わっていた。

平九郎と今井平蔵は、宿場外れの茶店の老爺《ろうや》に尋ねた。

「篠崎清一郎って旅の浪人ですか……」

老爺は、額に皺《しわ》を寄せて白髪《しらが》眉を顰めた。

「うむ。女を連れている筈なのだがな」

平蔵は尋ねた。

「女ねえ……」

老爺は、篠崎清一郎たちを知らなかった。

平九郎と今井平蔵は、茶店を出て通り掛かった駕籠《かご》舁《かき》を呼び止め、篠崎清一郎とおきぬを探し続けた。

絵草紙屋の店先では、源内と千吉が絵草紙を売っていた。

「さあさあ、江戸で名高い人気戯作者霞亭源内が構想十年執筆三日で男と女の切ない恋の物語を、妖艶《ようえん》、耽美《たんび》、波瀾万丈《はらんばんじょう》に描き、江戸中の女をきゃあきゃあと悶《もだ》えさせた人情本の決定版　偐紫田舎平氏《にせむらさきいなかへいし》とはこの絵草紙だ。これさえ読めば、どんなおへちゃも醜男《ぶおとこ》もたちまち色事恋の達人になれる。本日は大月宿の恋する皆々さまに、お近付きの印にたったの五十文。さあ、どうだ……」

源内が口上を述べ、傍らで千吉が絵草紙を開いて抱き合う男女の卑猥《ひわい》な絵を見せた。

集まっていた若い男と女たちが、吐息と響《どよ》めきを洩《も》らした。

「さあ、この絵草紙を読めば、貴方も貴方も、そして貴方も直《す》ぐに大月一の恋の達人。如何かなあ」

源内は、若い男と女たちを指差し、賑やかに煽《あお》り立てた。だが、若い男と女たちは、照れて互いに顔を見合わせるだけだった。

「駄目よ照れていちゃあ、照れは恋の一番の邪魔物」

源内は煽った。

「下さい」

若い女が、大声をあげて金を差し出した。

「やあ、これは恋する乙女。三国一の花婿と玉の輿《こし》は間違いなし」

途端に若い男と女たちが、「下さい」と先を争って金を差し出した。

「はいはい。押さないで。順番順番、順番ですよ。千吉、お代を忘れずにね」

「合点承知。はい、一冊五十文、五十文……」

千吉は、絵草紙代を配って廻った。

次の瞬間、千吉は原田軍兵衛を従えて来た水野小五郎の刀の鞘に当たった。

「無礼者……」

小五郎は怒鳴り、抜き打ちの一刀を放った。

千吉は、肩を斬られ、血を飛ばして倒れた。

若い男と女たちは、悲鳴をあげて散った。

「千吉……」

源内は驚き、倒れた千吉に駆け寄った。

千吉は、苦しく呻いた。

「傷は浅い、しっかりしろ」

源内は、千吉を励ました。

「ふん。命冥加《いのちみようが》な奴め」

小五郎と原田は、嘲笑を浮べて立ち去ろうとした。

「人殺し……」

源内は、思わず罵った。

「何だと……」

小五郎と原田が振り返った。

「わっ。医者だ、医者だ。医者に行こう」

源内は、千吉を背負って走り出した。

三

陶器問屋『壺屋』の暖簾は風に揺れていた。

水野小五郎と原田軍兵衛は、『壺屋』の暖簾を潜《くぐ》った。

「いらっしゃませ」

番頭と手代たちが、小五郎と原田を迎えた。

「番頭、壺を見せて貰うぞ」

小五郎は告げた。

「どうぞ……」

小五郎は、飾ってある壺を手に取って見廻し、土間に叩き付けた。

壺は、甲高い音を立てて砕け散った。

「な、何をなさいます。お止め下さい」

番頭は、激しく狼狽えて叫んだ。

「我らは、割れぬ壺を探していてな」

小五郎は、嘲笑を浮べて云い放った。

「割れぬ壺。そのような壺、ある筈がございませぬ」

番頭は、頰を引き攣《つ》らせて告げた。

「さあて、大月の壺屋は甲州一の陶器問屋で何でもあると聞いたぞ」

小五郎は、別の壺を割った。

「駄目だな。こいつも割れる」

「では、これはどうかな……」

原田は、大きな皿を割った。

「お願いにございます。お止め下さい」

番頭は、小五郎に土下座して頼んだ。

「邪魔だ。退け……」

小五郎は、番頭を蹴飛ばした。

「お止め下さい」

蒼民が奥から出て来た。

「何だ、おぬしは……」

「私は此《こ》の壺屋の主の蒼民にございます」

「俺たちは江戸から来た旗本、土産に壺を買おうと思ってな。壺屋には割れぬ壺があると聞いて来た」

「申し訳ありませぬが、割れぬ壺はございませぬ。今後修業研鑽《けんさん》を積んで出来た時は、どちらにお報せすれば宜《よろ》しいのか、お名前をお聞かせ願います」

蒼民は、厳しい眼差しで小五郎を見詰めた。

「旅籠の林屋に逗留《とうりゅう》している旗本の水野小五郎だ。だが、報せなど無用だ。これから毎日来る」

小五郎と原田は、嘲笑を浮べて出て行った。

「番頭さん、後片付けをな……」

蒼民は、番頭たちに言い付けて奥に入った。


右近が待っていた。

「蒼民どの……」

「江戸から来た旗本の水野小五郎、どうやらあの者が仇討の討手のようですな」

蒼民は睨《にら》んだ。

「おそらく水野忠盛の弟でしょう」

右近は、厳しい面持ちで頷いた。

「兄弟揃って愚かな無法者ですな」

「左様、あのような者に断じて清作さんを討たせる訳にはいかぬ」

「ええ……」

「それにしても、あの二人、何が狙《ねら》いで蒼民どのに嫌がらせをして来たのか……」

右近は、戸惑いを浮べた。

「それは、私が日頃から郡代の土屋主水正の命に従わぬからでしょう」

「郡代の命に従わぬ……」

「はい。郡代は陶器の販売権利を一手に握りたがっているのです。そうすれば、陶器は郡代の云い値で買い取られ、陶工の儲けはなくなり、大月、いや甲州の陶器は衰退する。そのような事は許されぬ」

「成る程、それで蒼民どのに嫌がらせをするのか……」

「郡代所の役人が表立ってやれば、私の弟子たちが陶器を焼かなくなります。それで郡代が奴らに頼んだのでしょう」

「となると、郡代の土屋主水正も許せる者ではないな」

右近は、怒りを滲ませた。

旅籠『林屋』は宿場の賑《にぎ》わいにあった。

右近は、小五郎と原田たち、そして平九郎が逗留している旅籠『林屋』を窺った。

「あれ、御隠居じゃあないか……」

源内がやって来た。

「おう。万屋か……」

「丁度良い処で逢ったぜ。手を貸してくれ」

「手を貸せだと……」

「うん。仇討だ、仇討」

源内は息巻いた。

「仇討……」

右近は戸惑った。

「ああ。俺の金主でたった一人の弟子が無礼打ちで大怪我をさせられちまってな。

その仇討だ」

「ほう。遣ったのは誰だ……」

「そいつが、どうも江戸から来たらしい旗本でな」

「なに……」

右近は眉を顰めた。

「知っているのか……」

「ああ。そいつらなら、此の旅籠に泊まっている」

源内は、旅籠『林屋』を示した。

「此の旅籠……」

「うむ。大将も一緒にな」

「大将も一緒……」

源内は眉を顰めた。


旅籠『林屋』の裏手の井戸端には、水飛沫《みずしぶき》が煌《きら》めいた。

篠崎清一郎捜しから戻った平九郎は、井戸で手足を洗って庭先から客室に向かった。

客室では、今井平蔵が小五郎に篠崎清一郎捜しの首尾を報告していた。

「やあ、歩いた。歩いた……」

平九郎は、縁側に腰掛けて空を見上げた。

空には、月を背に飛ぶ烏の絵の描かれた凧《たこ》が揚がっていた。

「月と烏、夜烏か……」

平九郎は眉を顰めた。


古い神社に参詣客はいなかった。

源内は、夜烏の絵柄の凧の糸を巻いていた。

「なにい、小五郎どのの仇討は武士道から外れているだと……」

平九郎は驚いた。

「うむ。逆恨みと云う奴だ」

「逆恨み。御隠居、小五郎どのは五年前に兄上を闇討ちされ、十六の歳から仇を追い続けているんだ。仇討免許状もちゃんと持っているぞ」

「だが、小五郎の仇討は正当なものではない」

「それに、小五郎ってのは酷い奴だぜ。俺の弟子がちょいと刀に触ったぐらいで無礼《せ》打ちの冷酷非情な外道《げどう》だ。ありゃあ、十六の歳から人殺しを目的に生きて来た所為《い》だな。人柄が完璧《かんぺき》に歪んでいるぜ」

　源内は、凧の糸を巻き終わった。

「御隠居、何故に小五郎どのの仇討が逆恨みだと云うのだ」

「そ、それは……」

　右近は、口籠《くちご》もった。

「まさか御隠居、仇の篠崎清一郎を知っているのではあるまいな」

　平九郎は、右近を睨んだ。

「大将……」

「どうなんだ」

「知っている」

　右近は頷いた。

「やっぱり……」

「そして聞いた。篠崎清一郎は水野忠盛に無理矢理に手込めにされそうになった許嫁を助ける為、奴を斬り棄てたとな」

　右近は、平九郎を見据えた。

「許嫁を助ける為だと……」

平九郎は眉を顰めた。

「そうだ」

「御隠居、その話、信じているのか……」

「うむ」

「俺も小五郎って奴より、ずっと信じられると思うぜ」

源内は、右近に同調した。

「大将、もう小五郎の助太刀など止めろ。そして、仇討を思い止まらせろ」

右近は、平九郎を説得しようとした。

「黙れ。おぬしたちの指図、受ける筋合いではない」

平九郎は、憮然《ぶぜん》とした面持ちで踵《きびす》を返した。

「大将……」

「放っておけ御隠居。思い込みが激しいからな。立ち直るのに時が掛かるのよ」

「うむ。それにしても何かあるな」

右近は首を捻った。

「もし、あるとしたら金だな」

「金……」

右近は戸惑った。

「ああ。大将の奴、小五郎に金で助太刀に雇われ、そいつをもう使っちまったのかもな」

源内は読んだ。

「金か。となると面倒だな……」

右近は眉を顰めた。


旅籠『林屋』に戻った平九郎は、今井平蔵を裏庭の井戸端に引っ張り出した。

「何用だ、夏目どの……」

「小五郎どのの兄上は、まこと篠崎清一郎なる者に闇討ちされたのであろうな」

平九郎は、厳しい面持ちで問い質《ただ》した。

「い、如何にもその通りにござる」

平蔵は、微かな怯《おび》えを過ぎらせた。

「嘘偽りはあるまいな」

平九郎は、平蔵の胸倉を摑んで嚙み付かんばかりに問い詰めた。

「や、止めろ……」

平蔵は仰け反った。

刹那、薪が唸りをあげて平九郎に飛来した。

平九郎は、咄嗟《とっさ》に躱した。

薪は、井戸の縁に置いてあった桶を砕いた。

平九郎は身構えた。

一瞬早く、原田は平九郎の胸元に刀の鋒《きっさき》を突き付けた。

平九郎は凍《い》て付いた。

「おぬし、頭に血が昇ると隙だらけになるな」

原田は、平九郎を嘲笑った。

「なに……」

「夏目、もし俺の兄貴が闇討ちされていなければどうだと云うのだ」

小五郎は、平九郎に侮りの眼を向けた。

「本当の事を教えて貰おう」

「知ってどうする」

小五郎は、狡猾な笑みを滲ませた。

「ならば……」

平九郎は、仇討の真相が右近の云う通りなのだと気付いた。

「夏目、もし仇討の助太刀を降りたいと云うのなら、五両の金、耳を揃《そろ》えてさっさと返すのだな」

小五郎は遮り、平九郎に嘲笑を浴びせて客室に向かった。

平蔵と原田が続いた。

「おのれ、御隠居の云った通りだったか。くそっ、五両叩き返さなければならぬか、どうすりゃあ良いんだ」

平九郎は、髪を掻き毟《むし》って苛立った。

田畑の緑は風に揺れていた。

清作は、僅かな野菜を入れた竹籠を背負って田舎道を来た。

役人たちが、道端で百姓夫婦に何事かを尋ねていた。

清作は、木陰に隠れた。

百姓夫婦に何事かを尋ねている役人たちの中には、水野家家来の今井平蔵がいた。

「今井平蔵……」

清作は、緊張を滲ませた。

平蔵と役人は、百姓夫婦と別れて田舎道を進んだ。

清作は木陰で見送り、血相を変えて畑の畦道《あぜみち》を走った。


太郎は、おきぬにあやされて機嫌良く笑っていた。

清作が、血相を変えて駆け込んで来た。

「お前さま、どうしました」

おきぬは、息を荒く鳴らしている清作に怪訝な眼を向けた。

「今井が、今井平蔵が来る……」

清作は、嗄《しゃが》れ声で告げて框《かまち》に腰掛けた。

「今井平蔵が……」

おきぬは怯えを浮べた。

「逃げよう。太郎を連れて逃げよう」

「太郎……」

おきぬは、太郎を抱き上げた、
太郎は、母のおきぬに抱かれて嬉しげな笑い声をあげた。

太郎の嬉しげな笑い声は、父と母の窮地を知らない哀れさがあった。

「不憫な……」

おきぬは、太郎を抱き締めてすすり泣いた。

「おきぬ……」

「お前さま、赤子の太郎に逃げ廻る旅は辛《つら》すぎます。私と太郎は此処に残ります。

どうか、お一人で……」

「おきぬ……」

清作は驚いた。

「私と太郎だけなら、今井平蔵も見逃してくれるやもしれませぬ。ですから、お前
さまはお逃げ下さい」

おきぬは頼んだ。

「何を云う、おきぬ。幾ら無事に逃れたとしても、お前や太郎がいない暮らしなど想いも寄らぬ……」

清作は、居間にあがって奥の部屋に進んだ。

奥の部屋に入った清作は、長櫃《ながびつ》から刀を取り出して抜き払った。

刀は鈍色《にびいろ》に輝いた。

清作は、鈍色に輝く刀を見詰めて覚悟を決めた。

「お前さま……」

おきぬは、居間に太郎を置いて清作のいる部屋に入って来た。

「おきぬ、我らの顔を知っているのは今井平蔵只一人、俺は今井を斬り棄て、今の暮らしを守る」

清作は、厳しい面持ちで告げた。

「ですが……」

「最早、我らに残された逃げ道はそれしかないのだ」

清作は云い残し、刀を持って出て行った。

「お前さま……」

おきぬは泣き崩れた。

雑木林の梢は風に鳴った。

平蔵と役人たちは、篠崎清一郎とおきぬを捜しながら雑木林の道をやって来た。

顔を泥で汚し、手拭《てぬぐい》で頰被《ほおかむ》りをした清作が、木陰から飛び出して平蔵に斬り掛かった。

驚いた平蔵は逃げようとした。

混乱した役人たちの怒声があがった。

清作は、逃げる平蔵に必死に追い縋《すが》り、鋭く斬り付けた。

平蔵は、胸元を斬られて倒れた。

清作は、止めを刺そうとした。

「お、お前は……」

平蔵は、清作が篠崎清一郎だと気付いて眼を瞠った。

清作は、思わず怯みながらも平蔵の心の臓を突き刺した。

平蔵は絶命した。

「おのれ……」

役人が、清作に斬り付けた。

清作は背中を斬られ、仰け反って倒れた。

役人たちは、這《は》って逃げようとする清作に殺到した。

「待て……」

右近が飛び込んで来た。

役人たちは怯んだ。

右近は、役人たちを次々と叩きのめして蹴散らした。

役人たちは、我先に逃げ去った。

「清作さん……」

右近は、清作を抱き起こした。

「立花さま……」

清作は、顔を歪めて微笑んだ。

「しっかりしろ。傷は浅いぞ」

右近は、清作の傷の応急手当てを始めた。


大月郡代所に戻った役人たちは、郡代の土屋主水正に今井平蔵が斬り殺された事を報せた。

土屋は、直ぐに小五郎を郡代所に呼んだ。

小五郎は、原田を伴って郡代所に駆け付けて来た。

「それで土屋さま、今井平蔵を殺したのは何処の誰ですか……」

小五郎は、土屋に訊いた。

「それが風体は百姓のようでな。顔は良く分からなかったそうだ」

土屋は、腹立たしげに告げた。

「分からない……」

小五郎は眉を顰めた。

「小五郎どの、ひょっとしたら篠崎清一郎かもしれませぬぞ」

原田は告げた。

「うむ……」

「そして、その者を捕らえようとした時、邪魔立てした者がいた」

「何者ですか……」

「それが役人の話では、壺屋で見掛けた覚えのある浪人だそうだ」

「壺屋で……」

「左様……」

土屋は頷いた。

「土屋さま、ひょっとしたら壺屋蒼民、篠崎清一郎と拘わりがあるのかも……」

小五郎は読んだ。

「うむ。小五郎どの、役人たちを率いて直ぐに壺屋に行くが良い……」

土屋は告げた。

「はい……」

小五郎は頷いた。

陶器問屋『壺屋』は、郡代所の役人たちに取り囲まれた。

役人たちは、番頭や手代たち奉公人を店の片隅に集めた。

怯える奉公人たちの背後には、源内がいた。

役人は、蒼民を小五郎と原田の前に引き据えた。

「壺屋蒼民、篠崎清一郎は何処にいるのだ」

小五郎は、蒼民に詰問した。

「そのような者、存じません」

蒼民は、狼狽えも怯えもしていなかった。

「惚《とぼ》けるな。お前は知っている筈だ」

小五郎は、蒼民を冷酷な眼差しで見据えた。

蒼民は苦笑した。

「よし、云いたくないのなら、云う気にさせてやる迄だ。引き立てろ」

小五郎は役人たちに命じた。

「さあ、神妙に来るんだ」

役人たちは、蒼民を引き立てようとした。

「止めろ。旦那を何処に連れて行く」

源内が、奉公人たちの背後から出て来た。

原田は、傍にあった壺を源内に投げ付けた。

源内に躱す間はなかった。

壺は源内の顔面に当たり、音を立てて砕け散った。

源内は、眼を白黒させて昏倒した。

「この中に篠崎清一郎を知る者がいるなら伝えろ。さっさと出て来なければ、壺屋蒼民の命、なくなるとな」

小五郎は残忍な笑みを残して、原田と『壺屋』蒼民を乱暴に引き立てた。

四

清作の家の前の小川では水鳥が遊んでいた。

「此の家か……」

やって来た源内が、小川に架かっている小橋を渡って清作の家に駆け寄った。

水鳥は驚き、羽音を鳴らして飛びたった。

水飛沫が煌めいた。

「蒼民どのが郡代所に……」

右近は眉を顰めた。

清作とおきぬは驚いた。

「ああ。で、篠崎清一郎が出て来ないと責め殺すって抜かしやがった。汚ねえ奴らだぜ」

源内は吐き棄てた。

「万屋、大将は小五郎たちと一緒だったのか」

「そいつが一緒じゃあなくてな。どうしたのかな……」

源内は首を捻った。

「そうか……」

「お前さま……」

おきぬが狼狽えた。

右近と源内は、おきぬの狼狽えた声に奥の部屋を見た。

清作が蒲団《ふとん》から起き上がろうとし、おきぬが困惑した面持ちで止めていた。

「何をする気だ。清作さん……」

右近は咎めた。

「立花さま、私が出て行かなければ蒼民さまが殺されます」

清作は訴えた。

「それを狙っての小五郎の悪巧み、まんまと乗るつもりか……」

「はい。大恩ある蒼民さまをお助けするには、それしかございません」

清作は、悔しげに告げた。

「お前さま……」

「おきぬ。私たちの為に蒼民さまを死なせる訳にはいかぬのだ。分かるな」

清作は、覚悟を決めた。

「は、はい……」

おきぬは、哀しげに頷いた。

「清作さん、郡代の土屋主水正は、大月の陶器を支配したくて壺屋蒼民どのの首が欲しいのだ。如何におぬしが名乗り出たとしても蒼民どのは殺されるだろう」

右近は、厳しい面持ちで事態を読んだ。

「た、立花さま……」

清作は狼狽えた。

「水野小五郎と土屋主水正、悪党同士、類は友を呼ぶか、骨の髄から汚ねえ奴らだな」

源内は呆れた。

「うむ……」

「で、どうするの御隠居……」

源内は、右近の出方を窺った。

「ようし、こうなれば篠崎清一郎が出て行くしかあるまい」

右近は、不敵な笑みを浮べた。

「立花さま……」

清作とおきぬは戸惑った。

「あれ。御隠居、今、清作さんが出て行っても蒼民さまは助からないと、云ったじゃあないの」

源内は、眉を顰めて右近を責めた。

「慌てるな万屋。篠崎清一郎の顔を見知っていた今井平蔵がいない今、私が篠崎清一郎として名乗り出る」

右近は笑った。

「立花さまが篠崎清一郎……」

清作とおきぬは驚いた。

「そいつは面白い。で、小五郎の野郎を返り討ちにしてやるか。流石は御隠居だねえ」

源内は、手の平を返して感心した。

「そして、蒼民どのを助け出す」

右近は苦笑した。

「立花さま……」

清作は涙ぐんだ。

「清作さん、私はおぬしにはずっと陶器を焼き、おきぬさんと太郎坊の三人で静かに暮らして貰いたいのだ。だが、決着をつけねば仇討騒ぎは終わらぬ。今日から私が、五年前に日光奉行の水野忠盛を斬り棄てて逐電した篠崎清一郎だ。良いな、清作さん、おきぬさん……」

右近は、清作とおきぬに云い聞かせた。

「立花さま、忝のうございます……」

清作は、両手をついて深々と頭を下げた。

おきぬは泣き崩れた。

「よし。さあて万屋、ならば行くぞ」

「心得た」

右近は、源内と共に大月の宿場に向かった。

郡代所の詮議場《せんぎば》は薄暗く、微かな血の臭《にお》いが漂っていた。

陶器問屋『壺屋』蒼民は、役人たちによって土間に引き据えられた。

郡代の土屋主水正は、水野小五郎や原田軍兵衛と蒼民を責め立てた。

蒼民は、激痛に堪えて沈黙を守った。

「蒼民、いつまで強情を張るのだ。篠崎清一郎は何処にいる。吐け」

小五郎は、残忍な笑みを浮べて蒼民を笞《むち》で打ち据えた。

蒼民は眼を瞑《つむ》り、黙って責め苦に堪えた。

「おのれ、蒼民。篠崎は何処だ。吐け」

小五郎は、取り憑《つ》かれたように蒼民を責め立てた。

土屋と原田は、思わず眉を顰めて眼を背けた。


旅人たちは、街道沿いの御堂の前を足早に行き交っていた。

「おお、どうだ、そこ行く兄い。打ち込み一回十文。見事に打ち込めば、一分金《いちぶきん》を進呈するぞ。さあ、どうだ」

平九郎は、『賭け試合』の看板を出し、行き交う若い男たちに声を掛けていた。

しかし、打ち込もうと云う者はいなかった。

「これじゃあ、いつになったら五両の金が返せるか……」

平九郎は、御堂の階《きざはし》に腰を下ろし、疲れ果てたように吐息を洩らした。

平九郎は、小五郎に借りた五両を返す為に再び賭け試合を始めた。だが、客は滅多にいなく、返す処か貯まりもしないのだ。

平九郎は頭を抱えた。

「何をしている大将……」

平九郎は顔をあげた。

右近と源内がいた。

「何って、見ての通りだ」

平九郎は苛立った。

「賭け試合。打ち込み一回十文か……」

源内は、看板を見て笑った。

「煩《うるさ》い。何の用だ」

平九郎は、苛立ちを募らせた。

「大将、仇討の助太刀はどうしたのだ」

右近は尋ねた。

「どうもしない」

「ははあ、水野小五郎の仇討がいんちきだと気が付いたが、貰った金は使い果たしているので、稼ごうって魂胆だな」

源内は、平九郎を嘲笑った。

「もう、だったらどうだってんだ」

平九郎は、苛立ち怒鳴った。

「して大将、貰った金は何に使ったのだ」

右近は苦笑した。

「岩殿山の麓で野垂れ死にしそうになった処を助けてくれた百姓のおっ母さんがいてな……」

平九郎は、助けてくれたおっ母さんの娘が借金の形に身売りして女郎になり、病になっていたのを身請けする金にしたと、正直に告げた。

「そうだったのか……」

「うむ。この夏目平九郎、おっ母さんが振る舞ってくれた芋粥の恩、決して忘れはせん」

平九郎は、己に言い聞かせるように告げた。

「良い話じゃあねえか、大将。分かった。その五両、俺が貸してやる」

源内は鼻水をすすり上げ、巾着から五両を出して平九郎に渡した。

「おお、万屋。いや、流石はお大尽が望みの万稼業の霞源内どの、持つべき者は友。礼を申すぞ源内どの。お大尽の源内どの……」

平九郎は態度を一変させ、源内の手を握り締めて感謝した。

「や、止めろ。薄気味が悪い……」

源内は、慌てて平九郎の手を振り払った。

「それにしても源内どの。おぬし、かなりの臍繰《へそく》り金《がね》があるようだな」

平九郎は、薄笑いを浮べた。

「左様、あるな……」

右近は頷いた。

「えっ……」

源内は、危険を察知したのか思わず後退りした。

平九郎と右近は、顔を見合わせて嬉しげに笑った。


大月郡代所は夕暮れに包まれた。

小五郎、原田、土屋は、蒼民を責めていた。

蒼民は、血塗《ちまみ》れになって意識を失い掛けていた。

平九郎が戸口に現れた。

「おい。篠崎清一郎を捕らえて来たぞ」

「まことか夏目……」

小五郎は驚いた。

「ああ。庭先に引き据えてある」

「原田どの……」

小五郎は、原田を伴って庭先に急いだ。

「蒼民、餌《えさ》の役目は終わったな。これで漸《ようや》く楽になれるぞ」

土屋は、蒼民に笑い掛けた。

「つ、土屋……」

蒼民は、土屋を睨み付けた。

「心配するな。大月の陶器は儂が引き受けた」

土屋は、冷酷さを浮べながら刀を抜いた。

「そうはいくか……」

平九郎は、刀を抜いた土屋を蹴り飛ばした。

土屋は、驚きの声をあげて倒れた。


小五郎は、原田と共に濡縁におりた。

庭先では、縛られた右近が役人たちに取り囲まれていた。

「お前が篠崎清一郎か……」

小五郎は、右近を睨み付けた。

「如何にも。その方が水野小五郎だな」

右近は、小五郎を見据えた。

「黙れ篠崎。五年前、日光奉行の我が兄、水野忠盛を斬ったのは忘れてはいまいな」

「水野忠盛は人倫にもとる悪辣《あくらつ》な外道。退治した迄だ」

右近は、不敵に笑った。

「黙れ。水野忠盛が弟小五郎、今こそ兄の仇を討ち果たす」

小五郎は、刀を抜き払った。

土屋主水正が、奥から転がるように逃げ出して来た。

平九郎は、傷だらけの蒼民を助けながら追って現れた。

「御隠居、見ての通り、蒼民さんは助けたぞ」

平九郎は告げた。

「よし……」

右近、縄を解き棄てて立ち上がった。

小五郎、原田、役人たちは驚いた。

「御隠居……」

源内が現れ、右近に刀を放り投げた。

右近は、刀を受け取って腰に差した。

「水野小五郎、此の篠崎清一郎が返り討ちにしてくれる。尋常に勝負するが良い」

右近は身構えた。

「は、原田……」

小五郎は怯んだ。

「相州《そうしゅう》浪人原田軍兵衛、水野小五郎どのの仇討の助太刀を致す」

原田は進み出た。

「やるか……」

右近は対峙した。

「待て。原田、お前の相手は俺だ」

平九郎は、原田の前に立ちはだかった。

「おのれ、夏目。五両を返しもせずに裏切るか」

小五郎は喚《わめ》いた。

「黙れ、よくも真っ当な仇討だと抜かして誑《たぶら》かしてくれたな。貰った五両、一文残らず叩き返してやる」

平九郎は、五枚の小判を小五郎に投げ付けた。

五枚の小判は小五郎に当たり、音を立てて飛び散った。

「俺の小判……」

源内は、散った小判を慌てて拾い始めた。

「ああ、さっぱりした。万屋、小判より蒼民さんだ。頼んだぞ」

「あ、ああ……」

源内は、小判を拾いながら頷いた。

平九郎は、蒼民を源内に預けて胴田貫を抜き、猛然と原田に斬り掛かった。

原田は斬り結んだ。

「水野小五郎、兄に劣らぬ悪行の数々、世の為人の為に返り討ちにしてくれる」

右近は、小五郎に迫った。

「黙れ……」

小五郎は、右近に斬り付けた。

右近は躱し、抜き打ちの一刀を小五郎に放った。

空が短く鳴り、煌めきが瞬いた。

小五郎の頬が薄く斬られ、血が赤い糸のように滲んだ。

「さあて、次は首かな……」

右近は嗤った。

小五郎は恐怖に衝き上げられ、震えながら土屋の許《もと》に後退した。

「お、おのれ、斬れ。狼藉者《ろうぜきもの》を斬り棄てろ」

土屋は、役人たちに命じた。

役人たちは、猛然と右近に殺到した。
右近は蹴散らした。
土屋と小五郎は、郡代所の奥に逃げた。
右近は追った。

平九郎と原田は、鋭く斬り結んだ。
刃が咬《か》み合い、火花が飛んで焦げ臭さが風に巻かれた。
二人は、互いに浅手を負いながら白刃を振るった。
平九郎は押した。
原田は、斬り結びながら後退した。
平九郎は、原田を追い詰めた。
刹那、原田は脇差を抜いて迫る平九郎に突き出した。
平九郎は体《たい》を開き、突き出された脇差を辛うじて躱して胴田貫を鋭く斬り下ろした。
胴田貫は唸りをあげ、脇差を握った原田の腕を斬り落とした。

斬り落とされた腕の傷口から血が噴き、原田は五体の均衡を崩して前のめりになった。

平九郎は、返す刀で原田の腹から胸元を斬りあげた。

原田は、弾かれたように仰け反り倒れて絶命した。

平九郎は、息を長く吐いて整えた。


右近は、襲い掛かる役人たちを蹴散らして逃げる土屋と小五郎を追った。

土屋と小五郎は、奥座敷に追い詰められた。

「これ迄だな……」

右近は、土屋と小五郎に迫った。

「おのれ……」

土屋は、迫る右近に斬り掛かった。

右近は踏み込み、刀を横薙《よこな》ぎに一閃《いっせん》した。

土屋の首が斬られ、喉が笛のような甲高い音を鳴らした。

血が噴いた。

土屋は、眼を瞠って沈むように崩れた。
「さあて、水野小五郎、追われる者の恐ろしさと哀しさ、篤と思い知るが良い……」
右近は、刀の鋒を恐怖に震えている小五郎に突き付けた。
「黙れ、黙れ、黙れ……」
小五郎は、恐怖を振り払おうと喚き散らして右近に斬り付けた。
右近は鋭く踏み込み、擦れ違いながら刀を瞬かせた。
小五郎は、息を飲んで棒立ちになった。
右近は、棒立ちになった小五郎を見据えて残心の構えを取った。
小五郎の首の血脈から血が噴き出した。
右近は、擦れ違い態に小五郎の首の血脈を刎《は》ね斬ったのだ。
小五郎は、棒のように倒れた。
右近は、残心の構えを解いた。

右近、平九郎、源内は、清作、おきぬ夫婦と太郎に見送られ、甲府に向かって出立した。

「清作さん、このぐい呑み、生涯大切にする。おぬしもおきぬさんと太郎坊を大切にな」

右近は笑った。

「はい。皆さまの御恩は生涯忘れませぬ」

「本当にありがとうございました」

清作とおきぬは涙ぐみ、深々と頭を下げた。

「うむ。ではな……」

右近、平九郎、源内は、甲州路を甲府に向かった。

「それにしても、仇として追われる者が悪人とは限らんのが良く分かった……」

平九郎は、吐息混じりに告げた。

「うむ。仇として追われた篠崎清一郎とおきぬさんの辛さ厳しさは云う迄もないが、仇討本懐を遂げなければ家督を継げぬ小五郎も仇討の犠牲者と云えよう」

右近は、武家の掟である仇討の理不尽さを嘆いた。

「水野小五郎、仇討の旅に出なければ、ごく普通の若者となり、穏やかな生涯を送ったのかもしれぬな……」

平九郎は、十六歳の時から仇討の旅に出た水野小五郎を哀れんだ。

「うむ……」

右近は頷いた。

「虚しいものだ、仇討とは……」

平九郎は、吐息を洩らした。

「それより大将、貸した五両、忘れるなよ」

源内は笑った。

「うん。何だと万屋、ちょっと待て……」

平九郎は、源内の胸倉を摑んだ。

「な、なんだ……」

源内は怯み、顔を仰け反らせた。

「お前、俺が小五郎に叩き返した五両、確か拾っていたな」

平九郎は、源内を睨み付けた。

「えっ。拾っていた。俺が、小判を……」

源内は、慌てて惚けた。

「この野郎、惚けやがって。五枚の小判を拾い集めた上に俺からも取立てようとは、万屋、二重取りをする気か……」

平九郎は吼《ほ》えた。

「いや。そんな……」

源内は狼狽えた。

「おのれ、土屋主水正に負けず劣らず金に汚ない奴だ」

平九郎は、源内に嚙み付かんばかりの勢いで迫った。

「待て、落ち着け。話せば分かる」

源内は、懸命に取り繕おうとした。

「黙れ、黙れ。金の亡者……」

平九郎は、源内の胸倉を締め上げた。

「ご、御隠居、助けて……」

源内は悲鳴をあげた。

「ならば万屋、大将に貸した五両はどうする」

右近は訊いた。

「分かった。忘れる。なかった事にする……」

源内は、苦しげに頷いた。

「そうか、忘れるか。ならば霞源内どの、今後とも宜しく頼む」

平九郎は、源内に深々と頭を下げた。

「冗談じゃあねえや……」

源内は不貞腐《ふてくさ》れた。

右近の楽しげな笑い声が、甲州路の空に長閑《のどか》に響いた。

第四話　御金蔵破り

一

甲斐国府中（甲府）は江戸から三十六里（約百四十キロ）の処《ところ》にあり、享保《きょうほう》九年（一七二四年）に幕府直轄地の天領となって甲府勤番が詰めていた。甲府勤番は老中支配下にあり、甲府城の守備に当たっていたが、旗本御家人がこれに編入されるのは左遷の意味が強かった。

甲府の城下町は九十六丁あり、賑《にぎ》わっていた。そして、甲州街道は甲府から信州路と身延山道に分かれた。

立花右近は、甲府城下に辿《たど》り着いた。

甲府城下には、自分と夏目平九郎、霞源内を誑《たぶら》かしてお尋ね者にした盗賊夜烏《よがらす》の弥十郎と七化けのおりんが潜んでいる筈《はず》だ。

何としてでも弥十郎とおりんを捕らえ、身の潔白を証明しなければならない。

右近、平九郎、源内は、その為に江戸を出て追って来たのだ。

甲斐国甲府に来たのは、夜烏の弥十郎が叔父の長兵衛の許《もと》に行くと云っていたのを、人伝《ひとづて》に聞いたからだった。

右近、平九郎、源内は他に手掛かりもなく、甲府に来たのだ。

弥十郎の叔父の長兵衛の貸元……。

それが、甲府で弥十郎とおりんを探す唯一の手掛かりだ。

右近は、町の入口にある茶店に立ち寄った。

「いらっしゃいませ」

中年の亭主が迎えた。

「茶を貰《もら》おうか……」

右近は、縁台に腰掛けながら注文した。

「へい。只今……」

中年の亭主は奥に入った。

右近は、街道をやって来る旅人たちに平九郎や源内を捜した。だが、平九郎と源内の顔は見えなかった。

既に甲州の城下町に入ったのか、それともこれから来るのか……。

右近は、城下町に入っていく旅人を眺めた。

「お待たせ致しました」

中年の亭主は、茶を持って来て右近の傍に置いた。

右近は茶を飲んだ。

「亭主、甲府の城下に長兵衛と申す貸元はいるか……」

右近は尋ねた。

「長兵衛の貸元ですか……」

中年の亭主は眉《まゆ》を顰《ひそ》めた。

「うむ。何の貸元かは分からないのだがな」

「さあて、長兵衛の貸元ねえ……」

「名を聞いた事もないかな……」

「へい。申し訳ありませんが、お役に立てないようです」

「そうか……」

右近は茶を飲んだ。

茶店の裏手に、中年女の悲鳴があがった。

中年の亭主が驚き、店の裏口に走った。

「何かあったかな……」

右近は続いた。


茶店の裏庭には、中年の女房が腰を抜かしていた。

「どうした。おとし……」

中年の亭主は、中年の女房を抱き起こした。

「お、お前さん、お侍が首を吊《つ》って落ちた」

中年の女房は、裏庭の先の雑木林を震える指で差した。

「首を吊って落ちた……」

右近は、怪訝《けげん》な面持ちで中年の女房の指差した雑木林に向かった。

右近は雑木林に入り、辺りを窺《うかが》った。

羽織袴の若い武士が、木の根元に無様な姿で倒れていた。

右近は、羽織袴の若い武士に駆け寄った。

「おい。どうした」

右近は、羽織袴の若い武士を抱き起こした。

羽織袴の若い武士は、気を失っていた。

「しっかりしろ……」

右近は、羽織袴の若い武士を揺り動かした。

若い武士の首には輪にした縄が掛かっており、その縄の反対側は折れた木の枝に縛り付けられていた。

「首を吊ろうとしたが、枝が折れて失敗したか……」

右近は睨んだ。

若い武士は、微かに呻いた。

「それにしても、武士が自害するのに首吊りとは、情けない奴だな……」

右近は呆れた。

枯葉が一枚、淋しく舞い散った。


立場《たてば》の横の路地奥では、夏目平九郎が駕籠舁《かごかき》、人足、馬方などを相手に一文銭を賭《か》けて賽子《さいころ》遊びをしていた。

「さあ、いくぞ……」

平九郎は、二個の賽子を欠け丼《どんぶり》に転がした。

「さあ、来い。さあ、来い……」

平九郎、駕籠舁、人足、馬方たちは、欠け丼の中で音を立てて転がる二個の賽子を息を詰めて見守った。

二個の賽子は、それぞれの数を示して止まった。

「うわあ、負けた……」

平九郎は頭を抱えた。

「やったぜ……」

馬方、人足、勝った者たちは喜んだ。

「おのれ。さあ、持っていけ……」

平九郎は、勝った者たちに悔しげに金を分配した。

平九郎、駕籠舁、人足、馬方たちは、僅《わず》かな金で楽しく盛り上がっていた。

数人の博奕打《ばくち》ちが、路地に入ってきて人足を蹴飛《けと》ばした。

人足が悲鳴をあげて転がり、他の者は立ち竦《すく》んだ。

「手前ら、誰に断ってやっているんだ」

博奕打ちの兄貴分は、駕籠舁、人足、馬方たちを睨み廻した。

駕籠舁、人足、馬方たちは怯《ひる》んだ。

「何だ。息抜きのささやかな賽子遊び、誰かに断らなきゃあならんのか……」

平九郎は立ち上がった。

「ああ。息抜きでもささやかでも、金の遣《や》り取りする博奕は、界隈《かいわい》を仕切る巴屋《ともえや》に話を通すのが定法だ。さあ、寺銭《てらせん》を出して貰おうか……」

博奕打ちの兄貴分は凄《すご》んだ。

「お前、名は何と申す」

平九郎は、博奕打ちの兄貴分に笑い掛けた。

「甚八《じんぱち》ってんだが、それがどうした」

博奕打ちの兄貴分は名乗った。

「よし。甚八、寺銭が欲しけりゃあ、腕尽《ず》くで取るんだな」

平九郎は、甚八を蹴り飛ばした。

甚八は、背後にいた博奕打ちたちの許に飛ばされた。

「兄貴……」

博奕打ちたちは、驚き怯んだ。

「三ぴん、手前……」

甚八は、暗い眼をして懐《ふところ》の匕首《あいくち》を抜いた。

「丁度良い。十文も負けて落ち込んでいたんだ。憂さ晴らしをさせて貰うぞ」

平九郎は、胴田貫《どうたぬき》を腰に差しながら甚八たち博奕打ちに向かった。

甚八と博奕打ちたちは、路地から通りに出た。

平九郎は、匕首や長脇差《ながわきざし》を翳《かざ》して襲い掛かる甚八たち博奕打ちを容赦なく殴り蹴り、投げ飛ばした。

博奕打ちたちは、激しく叩《たた》き付けられて悲鳴をあげて逃げた。

甚八は続こうとした。

平九郎は足を飛ばした。

甚八は、平九郎の足に躓《つまず》いて前のめりに倒れ込んだ。

「逃がしてたまるか、この三下……」

平九郎は、倒れた甚八の胸倉を鷲掴《わしづか》みにして路地に引き摺《ず》り込んだ。


「お、お助けを……」

甚八は、半泣きで手を合わせた。

「甚八、死にたくなければ、訊《き》かれた事に素直に答えろ」

「へい……」

甚八は、恐怖に震えながら頷いた。

「巴屋の貸元は何て名だ」

「と、巴屋忠兵衛《ちゅうべえ》です」

「忠兵衛……」

平九郎は眉を顰めた。

「へ、へい……」

「長兵衛じゃあないのか……」

平九郎は念を押した。

盗賊夜烏の弥十郎は、甲府にいる叔父の長兵衛の貸元を頼って江戸から逃げた。

平九郎は、叔父の長兵衛を博奕打ちの貸元と睨んで探りを入れた。

「へい。忠兵衛です」

「巴屋忠兵衛か……」

「へい……」

「じゃあ、甲府に長兵衛の貸元ってのはいないかな」

平九郎は訊いた。

「さあ、あっしは知りませんが、忠兵衛の貸元なら知っているかもしれません」

「そうか。よし、じゃあ忠兵衛の貸元の処に案内して貰おうか」

平九郎は笑い掛けた。

甲府城の見える往来には大店《おおだな》が並び、行き交う人で賑わっていた。

「流石《さすが》は甲府二十五万石、中々の城だぜ」

霞源内は、町並みの向こうに見える甲府城を眺めた。

「蟇《がま》の膏《あぶら》、一貝十二文。痔や腫《は》れ物、切り傷に効く蟇の膏、いらないかい」
十五、六歳の百姓娘が、町辻《まちつじ》で貝入りの蟇の膏を売っているが、行き交う人に立ち止まる者はいない。
「素人だねえ……」

源内は、百姓娘を見て苦笑した。

「何が可笑《おか》しいんだい」

百姓娘は、源内に気が付いて睨んだ。

「お姉ちゃん、その蟇の膏はどんな蟇だ」

「そりゃあ四六の蟇だよ」

「四六五六は何処《どこ》で分かる」

「何処って……」

百姓娘は困惑した。

「困った素人。四六の蟇は、前足が四本に後足が六本。これを名付けて四六の蟇だ」

見物人が集まり始めていた。

「で、膏はどうやって採るんだい」

「そりゃあ、ぐいと絞って……」

「それじゃあ、小便も糞《くそ》も一緒だぜ」

源内は、百姓娘をからかった。

見物人たちは笑った。

「さあて、お立会い。蟇の膏を採るには、四方に鏡を立てた中に蟇を入れる。蟇は鏡に映った己の姿に驚き、たらありたらありと膏汗を流す……」

源内は、流暢《りゅうちょう》に口上を述べ始めた。

百姓娘は戸惑った。

源内は、見物衆に囲まれて口上を述べながら刀で紙を切り刻んだ。

「春は三月落花のかたち、比良《ひら》の暮雪《ぼせつ》は雪降りのかたち……」

源内は、切り刻んだ紙を舞い散らせた。

見物衆は拍手喝采した。


源内は、売上げ金を二つに分けて袋に入れ、その一つを百姓娘に差し出した。

「はい。これがお姉ちゃんの取り分……」

「全部売れたなんて凄い。私はおたま。おじさんは……」

「おじさんじゃあないよ、お兄さん……」

「じゃあお兄さん、名前は何て云うの……」

「俺かい。俺は霞流啖呵《たんかう》売りの家元の霞源内。何を売るにも舌先三寸でちょちょいのちょい」

次の瞬間、刀が源内の前に突き出された。

源内、刀の持ち主を見上げた。

肥《ふと》った甲府勤番侍が、薄笑いを浮べて刀を突き付けていた。

「何ですかい……」

「蟇の膏、本当に効くかどうか試してやる」

痩《や》せた中年の甲府勤番侍が告げた。

「試す……」

「ああ……」

中年の勤番侍は、残忍な笑みを浮べた。

「そして、俺を試し斬《ぎ》りにするか……」

源内は眉を顰めた。

「蟇の膏が本物なら、塗れば直《す》ぐに血は止まる筈。もし、止まらなければ、この甲府勤番松田兵庫《まつだひょうご》と坂上裕次郎《さかがみゆうじろう》が悪徳行商人として成敗してくれる。それが嫌なら……」

坂上と呼ばれた肥った勤番侍が、源内の首に刀を当てた。

「皆まで云うな。持ってけ泥棒……」

源内は、腹立たしげに売上げ金を入れた袋を投げ付けた。

武家屋敷街は人気《ひとけ》もなく、静寂に覆われていた。

小さな組屋敷の前庭には、菊の花が咲いていた。

「此処か……」

右近が、首吊りをし損なった羽織袴の武士に肩を貸して木戸門を潜《くぐ》った。

「此処、此の家です……」

羽織袴の武士は、式台にへたり込んだ。

「御免。此の家の主の桂木恭一郎《かつらぎきょういちろう》どのをお連れした。御免、誰かおらぬか」

右近は、屋敷の奥に叫んだ。

「はい。只今……」

若い妻女が式台に出て来た。

「貴方。如何されました」

若い妻女は、へたり込んでいる夫の桂木恭一郎を見て驚いた。

「あ、綾乃《あやの》……」

恭一郎は、綾乃と呼んだ若い妻女の膝《ひざ》に甘えるように縋《すが》り付いた。

右近は、思わず眉を顰めた。

囲炉裏の火は燃え上がった。

右近は、囲炉裏端の客座に座り、横座にいる恭一郎の酌を受けた。

「なに、一ヶ月前に江戸から甲府勤番に赴任して以来、嫌がらせを受けっぱなしだと……」

右近は驚き、猪口《ちょこ》を持つ手を口元で止めた。

「はい。御存知のように甲府勤番は、甲府の政《まつりごと》は勿論《もちろん》、城の守備と弓鉄砲などの武具の管理ですが、まことは公儀の財政負担を軽くする為、御役目のない旗本御家人や懲罰を受けた者たちの削減が狙《ねら》い……」

「つまり、山流しですか……」

「はい。ですから赴任した者も御役目に励む気もなく、その場の快楽を求め、徒党を組んでの勝手な振る舞い……」

「それで貴方、今日はどのような苛めを……」

綾乃は、囲炉裏端の嬶座《かかざ》に座り、竹の棒に刺した岩魚《いわな》を火に炙《あぶ》り始めた。

「うん。城の厠《かわや》を掃除させられた」

恭一郎は、哀《かな》しげに項垂《うなだ》れた。

「な、なんと……」

綾乃は驚いた。

「折角の酒が不味くなる話だな」

「そして、一日掛けて城の厠を掃除をし、下城して来たのですが、次第に無念さが込み上げて、思わず……」

恭一郎は、無念さに猪口を持つ手を震わせた。

猪口から酒が零《こぼ》れた。

「首を吊ってしまったか……」

「はい……」

「貴方、実は私もほとほと疲れ果てました」

綾乃は、浮かぶ涙を袖で拭った。

「綾乃……」

「綾乃どのもか……」

右近は戸惑った。

「はい……」

「綾乃どのは何に疲れ果てたのだ」

「それは悦《よろこ》びの所為《せい》にございます」

「悦び……」

「はい。悦びとは、在任者の方が新参者にしてくれる着任祝にございます」

「祝ってくれるのなら良いではないか……」

右近は困惑した。

「立花さま、左様ではございますが、着任以来毎晩となると……」

「着任以来毎晩……」

右近は驚いた。

「尤《もっと》も、祝に来てくれる在任者は夜毎、代わりますが。そして……」

「御免、桂木どのは御在宅かな……」

客が訪れた。

「貴方……」

「うむ……」

恭一郎と綾乃は、顔色を変えて怯《おび》えを滲《にじ》ませた。

右近は眉を顰めた。

三方《さんぽう》には、さしに通した二百文が二つ載せられていた。

「一人二百文、この松田兵庫と坂上裕次郎の二人合わせて四百文の悦び、受け取られるが宜《よろ》しい」

座敷に通された松田と坂上は、四百文を載せた三方を恭一郎と綾乃に押し出した。

「重ね重ねのお悦び、忝《かたじけ》のうございます」

恭一郎は、恭しく三方を受け取る。

「ささ、一献……」

恭一郎と綾乃は、松田と坂上に酌をした。

「では、桂木どのの着任を悦び……」

松田と坂上は酒を飲んだ。

恭一郎と綾乃は、緊張した面持ちで見守った。

「どうだ、坂上……」

松田は、薄笑いを浮べて坂上に尋ねた。

「不味い。馬の小便だ」

坂上は、腹立たしげに顔を歪めた。

「う、馬の小便などと、そのような。綾乃」

恭一郎は狼狽《うろた》えた。

「はい。このお酒は過日、お見えになられた時、御所望になられた甲斐の誉にございます」

綾乃は告げた。

「奥方、過日は過日、今宵《こよい》は今宵。人の好みは日々新た……」

坂上は嘯《うそぶ》いた。

綾乃は言葉を失った。

「今宵も又、買い直して来て戴こう」

松田は、嘲笑を浮べた。

「ですが……」

綾乃は混乱した。

「ほう、買い直しに行けぬと申すか」

「ま、松田さま、最早夜更け、今宵は甲斐の誉で御容赦を……」

恭一郎は、綾乃を庇って詫びた。

「桂木どの、此処は甲府。祝儀を持参しての客の悦び。返礼は客の所望する酒を振る舞うのが甲府流。それが出来ぬと申すなら、我らが自ら酒を都合致すので二十両、仕度して戴きたい」

松田は、侮りと蔑《さげす》みの眼を向けた。

「二十両……」

恭一郎と綾乃は驚いた。

「如何《いか》にも。さすれば悦びもこれ迄《まで》、二十両で桂木どのの誠意ある返礼と致すが……」

松田は、狡猾《こうかつ》な笑みを浮べた。

「それには及ばん……」

隣室から右近の声がし、襖《ふすま》が開けられた。

二

隣室には、右近が様々な銘柄の酒樽《さかだる》を並べて大盃《おおさかずき》で悠々と酒を飲んでいた。

松田兵庫と坂上裕次郎は、戸惑いを浮べて顔を見合わせた。

「甲斐の誉が嫌なら何が良い。甲斐正宗に甲斐の駒《こま》、甲斐の雫《しずく》に甲斐の華。甲府の酒なら何でもあるぞ」

右近は嘲笑った。

「何だ、おぬしは……」

松田は、右近を睨み付けた。

「江戸から祝に来てくれた私の親戚の者です」

綾乃は、慌てて言い繕った。

「綾乃、固い挨拶は抜きだ。拙者は立花右近、桂木と綾乃が何かと世話になっているそうだな。礼を申すぞ」

右近は、松田と坂上の前に座り、大盃に満たした酒を一気に飲み干した。

「さあ、おぬしたちも飲むが良い……」

右近は、薄笑いを浮べて松田と坂上に酒を勧め、いきなり脇差を閃《ひらめ》かせた。

松田と坂上は驚き、思わず頭を抱えて蹲《うずくま》った。

二匹の蠅《はえ》が、真っ二つに斬られて松田と坂上の眼の前に落ちた。

松田と坂上は、右近の手練の早技に愕然《がくぜん》として言葉を失った。

「煩《うるさ》く小賢しい蠅どもが。容赦はせぬ……」

右近は、松田と坂上を厳しく見据えた。

「せ、拙者、急用を思い出した。御免」

松田は、怯えた様子で座を立った。

「わ、私もこれにて御免……」

坂上が慌てて続いた。

「それは残念。又、祝に来てくれ。この立花右近、いつでもお相手致す」

右近は嗤《わら》った。

松田と坂上は、そそくさと帰って行った。

「お悦び、忝のうございました」

恭一郎と綾乃は、式台で見送った。

右近は、恭一郎や綾乃と囲炉裏端に戻った。

「何が悦びだ。あれは只の嫌がらせ、強請《ゆす》り集《たか》りだな」

右近は呆れた。

「立花さま、お陰さまで助かりました」

恭一郎と綾乃は、右近に礼を述べた。

「何の、造作もない事だ。礼には及ばぬ」

右近は笑った。

「して立花さま、立花さまはどのような……」

恭一郎は、右近の素性が気になり、怪訝な眼を向けた。

「私か、私は天下の素浪人だが。そうだ、恭一郎どの綾乃どの、夜烏の弥十郎と七化けのおりんと云う盗賊の名を聞いた事はないか……」

「夜烏の弥十郎と七化けのおりんですか……」

恭一郎は眉を顰めた。

「左様……」

右近は頷いた。

「さあ、私は聞いた覚えはありませんが、綾乃はどうだ」

「私も……」

綾乃は、申し訳なさそうに首を横に振った。

「ならば、長兵衛の貸元と云うのはどうだ」

「ありません。立花さま、その盗賊や貸元が何か……」

恭一郎と綾乃は、怪訝に右近を見詰めた。

「実はな、私は江戸から逃げて来たお尋ね者なのだ」

「お、お尋ね者……」

恭一郎と綾乃は驚いた。

「左様……」

右近は、屈託のない笑みを浮べた。


博奕打ちの貸元、巴屋忠兵衛の家は裏通りにあった。

夏目平九郎は、博奕打ちの甚八に案内させて巴屋忠兵衛に逢った。

「長兵衛ですかい……」

巴屋忠兵衛は眉を顰めた。

「うむ。長兵衛と云う貸元がこの甲府にいると聞いて来たのだが……」

「さあて、長兵衛の貸元なんて知りませんぜ」

忠兵衛は首を捻った。

「知らないか……」

「ええ。夏目の旦那、甚八たちが不調法を働いた詫びの印に、あっしも知り合いにちょいと訊いてみますよ。暫《しばら》くうちの賭場《とば》で遊んでいっておくんなさい」

忠兵衛は、平九郎に勧めた。

「そうか。ならば暫く厄介になるか……」

平九郎は、博奕打ちの巴屋忠兵衛の処に草鞋《わらじ》を脱ぐ事にした。

賭場には、金に対する妄執と熱気が煙草の煙と共に渦巻いていた。

盆茣蓙《ぼんござ》の周りには、お店《たな》の主や大百姓の倅《せがれ》などが陣取り、血走った眼で駒を張っていた。

平九郎は、次の間に用意された酒を飲みながら賭場の様子を眺めていた。

「旦那、どうですかい……」

甚八が、新しい酒を持って来た。

「貸元に貰った駒はあっと云う間に擦っちまった。どうも博奕は性に合わぬ」

平九郎は、茶碗酒を飲んだ。

「そうですかい……」

甚八は苦笑した。

賭場が騒めいた。

壺振りが女に代わった。

「ほう、女の壺振りか。珍しいな……」

平九郎は眉をひそめた。

「ええ。中々の腕前ですぜ」

甚八は笑った。

女の壺振りは、盆茣蓙の周囲の客に挨拶をして片肌を脱ぎ、壺を振り始めた。

「半……」

「丁……」

盆茣蓙を囲んでいる客は駒を張った。

あの女……。

平九郎は、微かな緊張を覚えた。

髪を櫛巻《くしま》きにした女壺振りは、鮮やかに賽子を操って壺を振っていた。

「何て名だ……」

「櫛巻きのおりゅうさんですぜ」

甚八は、好色そうな眼でおりゅうを見詰めていた。

「櫛巻きのおりゅうか……」

平九郎は、櫛巻きのおりゅうの顔を見た。

櫛巻きのおりゅうの顎の左には小さな黒子《ほくろ》があった。

間違いない。七化けのおりん……。

櫛巻きのおりゅうは、盗賊の七化けのおりんなのだ。

落ち着け……。

平九郎は、七化けのおりんを漸《ようや》く見付けた昂《たか》ぶりを酒を飲んで鎮めた。

どうする……。

七化けのおりんを捕まえるのは容易だ。だが、捕まえたおりんが夜鳥の弥十郎の居場所を吐くとは限らない。そして、手間取っている内に、夜鳥の弥十郎は危険を察知して逃走するかもしれないのだ。

櫛巻きのおりゅうを見張り、夜鳥の弥十郎の許に行くのを見届ける。

平九郎は決めた。

櫛巻きのおりゅうこと七化けのおりんは、鮮やかに壺を振っている。

平九郎は、茶碗酒をすすった。


百姓家の土間の片隅では、様々な採掘道具が埃《ほこり》を被《かぶ》っていた。

「栄螺《さざえ》の火灯《ひとも》し、砕槌《さいつち》、鏨《たがね》に玄能《げんのう》か……」

源内は、古びた山槌《やまつち》、栄螺の火灯し、砕槌、鏨、玄能、鶴嘴《つるはし》などの採掘道具を見ていた。

「おたまちゃん、この山道具は誰のだい」

源内は、台所で味噌汁を作っているおたまに訊いた。

「死んだ祖父《じい》ちゃんのだよ」

「祖父ちゃん、何か掘っていたのかい」

「うん。祖父ちゃん、碁石金《ごいしきん》を掘っていたんです」

「碁石金……」

源内は戸惑った。

「うん……」

おたまは頷いた。

碁石金は甲州金とも称し、四匁《よんもんめ》程の重さの金で碁石の形をしていた。

「祖父ちゃん、碁石金を掘っていたのか……」

「うん。それで怪我をした時の為に蟇の膏も沢山作っていたんだよ」

「碁石金ねえ……」

碁石金は、碁石の形をして地中に埋まっている訳ではない。埋まっている時は、岩に含まれた金でしかないのだ。

それを掘り出すのに〝碁石金を掘る〟とは云わない筈だ。だが、おたまの死んだ祖父ちゃんは、〝碁石金を掘る〟と云っていた。

何故だ……。

「で、おたまちゃん、祖父ちゃんは何処を掘っていたんだい」

「さあ、お城の裏の方に行っていたけど、良く知らないよ」

おたまは、切った野菜を竈《かまど》に掛けた鍋《なべ》に入れた。

「知らないか……」

「うん。祖父ちゃん、毎晩、お酒を飲みながら古い地図を見ていたけど……」

「その古い地図。今、何処にあるんだい」

「この前、祖父ちゃんの甥《おい》って人が来て、形見に持って行ったよ」

「甥……」

「うん……」

「その甥、何て名前だ」

「弥五郎《やごろう》って人だよ」

「弥五郎……」

源内は眉を顰めた。

「うん」

「おたまちゃん、祖父ちゃんの名前は……」

「長兵衛だよ」

「長兵衛……」

源内は、おたまの死んだ祖父ちゃんが長兵衛と云う貸元であり、甥の弥五郎が夜烏の弥十郎だと気が付いた。

「そうか……」

盗賊の夜烏の弥十郎は、叔父の長兵衛の碁石金掘りを引き継いだのかもしれない。

源内は、漸く盗賊の夜烏の弥十郎に近付いた。

味噌汁の美味そうな香りが漂った。

朝、甲府勤番侍たちは甲府城に出仕する。

右近は、出仕する桂木恭一郎と共に甲府城に向かった。

「処で恭一郎どの、御役目はなんだ」

「金蔵同心です」

「金蔵同心と申すと、金蔵の警固が役目だな」

「はい。金蔵と云っても年貢であがった金は直ぐに江戸表に送り、普段は千両程の碁石金があるぐらいでしてね。暇な役目ですよ」

恭一郎は苦笑した。

「昨夜、悦びに押し掛けて来た松田兵庫や坂上裕次郎は同役なのか……」

「はい。今日もどのような苛めが待っているやら……」

恭一郎は、微かな怯えを窺わせた。

「なあに、いざとなれば天空海闊《てんくうかいかつ》だ。愚か者の云う事など気にせず、己の遣るべき事を遣れば良いのだ」

「天空海闊ですか……」

「うむ。天は果てしなく広く、海は何処迄も続く。そこで遊ぶ拘《こだわ》りのない自由な心を持つと覚悟を決めれば、同役の苛めなどは些細《ささい》な事だ」

「成る程、いざとなれば僅かな家禄などを棄てて天空海闊ですか」

「うむ……」

右近と恭一郎は、甲府城の大手門に差し掛かった。

「では、立花さま……」

「うむ。愚か者を相手に遊んで来るがいい」

右近は、笑顔で励ました。

「はい。では……」

恭一郎は、右近に会釈をして大手門から甲府城に入って行った。

右近は見送った。

「やあ。御隠居じゃあないか……」

源内が駆け寄って来た。

「おう、万屋《よろずや》、来ていたか……」

「ああ。昨日な。で、夜鳥の弥十郎や七化けのおりんの事、何か摑んだか……」

「いろいろあってな、未《ま》だだ……」

「じゃあ、ちょいと付き合ってくれ」

源内は、右近を誘った。

甲府城の搦手門《からめてもん》は閉められていた。

源内は、厳しい眼で辺りを窺った。

「誰かを捜しているのか……」

「ああ。夜鳥の弥十郎をな……」

「夜鳥がいたのか……」

右近は眉を顰めた。

「ああ……」

源内は、蟇の膏売りのおたまと知り合い、その死んだ祖父が〝碁石金掘り〟の長兵衛であり、弥五郎と云う甥がいる事を告げた。

「じゃあ、おたまの死んだ祖父が長兵衛の貸元で、甥の弥五郎が夜鳥の弥十郎か……」

右近は、源内の睨みを知った。

「うん。で、御隠居、碁石金掘りってのをどうみる」

「碁石金が碁石の形で土の中に埋まっている筈もない。そいつを掘ると云うのは、盗むと云う事かもしれぬな」

右近は読んだ。

「ああ。長兵衛は盗賊の貸元だったのかもな」

「うむ。そして、夜鳥の弥十郎、死んだ長兵衛の後を継いで碁石金を狙っているか……」

「うん。違うかな」

「いや。おそらく万屋の睨み通りだろう」

右近は頷いた。

「御隠居もそう思うか……」

源内は、嬉しげに身を乗り出した。

「ああ、して万屋、長兵衛は何処の碁石金を掘ろうとしていたのだ」

「そいつなんだがな。長兵衛は古い地図を持っていたが、夜鳥の野郎が形見に持っていっちまったそうだ。でも、おたまちゃんの話じゃあ、長兵衛はいつも城の裏の方に来ていたそうだ」

「城の裏か……」

右近は、閉じられている搦手門を眺めた。

「それで、長兵衛の持っていた古い地図が城の裏の方のものだったら、夜鳥か、夜烏の息の掛かった奴がいるかと思ってな」

源内は、眉を顰めて辺りを見廻した。

「万屋、長兵衛の狙っていた碁石金。ひょっとしたら、甲府城の御金蔵にある碁石金かもしれぬな」

右近は読んだ。

「甲府城の御金蔵……」

「うむ。甲府城の御金蔵には、千両程の碁石金があるそうだ」

「成る程、じゃあ長兵衛は、甲府城に忍び込む穴でも掘っていたのかな」

源内は睨んだ。

「おそらくな。甲府勤番衆はざっと二百人でやる気のない者が多い」

「甲府勝手の山流しか……」

甲府勤番衆は、山国の任地を嫌う者や懲罰的な意味合いで命じられた者が多く、刑罰にある〝島流し〟のように〝山流し〟と呼ばれていた。

「うむ。御金蔵を警固する金蔵奉行と配下の同心も人数が少なく、押し込み易い……」

右近は睨んだ。

「盗賊夜烏の弥十郎、甲府城の御金蔵を破って碁石金を盗む気だな。うん……」

源内は、己の言葉に頷いた。

「ま、そのつもりで夜烏の弥十郎を捜すのが良いだろう」

盗賊夜烏の弥十郎に漸く追い付いた。

右近は微かに安堵し、秘かに闘志を燃やした。

甲府城の裏手に人の気配は少なく、堀の水面は鈍色《にびいろ》に輝いていた。


夏目平九郎は焦っていた。

昨夜、女壺振りのおりゅうこと七化けのおりんは、亥の刻四つ（午後十時）過ぎに賽子と壺を置いて巴屋忠兵衛の賭場を出た。

平九郎は追った。

七化けのおりんは、慣れた足取りで夜道を進んだ。

行き着く先には夜烏の弥十郎がいる……。

平九郎は、慎重におりんを追った。

巴屋忠兵衛の賭場は城下外れの百姓家にあり、おりんは足早に城下町に向かっていた。

城下町に入ったおりんは、家並みの間の道を進んで辻を曲った。

見失うな……。

平九郎は、己に言い聞かせて辻に走った。

「待て……」

見廻りの役人たちが、辻の反対側から駆け寄って来て平九郎を取り囲んだ。

「夜更けに何をしている」

役人頭は、胡散臭《うさんくさ》げに平九郎を睨み付けた。

「ちょいと用があってな。先を急いでいる」

平九郎は、先を行くおりんを気にした。

おりんは、暗がりに消えようとしていた。

「退《ど》いてくれ」

平九郎は焦り、取り囲んだ役人たちの間を抜けようとした。

「おのれ、神妙にしないか」

役人頭は、平九郎に殴り掛かった。

「何をする」

平九郎は、殴り掛かった役人頭を咄嗟に投げ飛ばした。

「曲者、曲者だ」

役人たちは呼子笛《よぶこぶえ》を鳴らし、六尺棒を翳して平九郎に殺到した。

「くそっ、邪魔立てしおって……」

平九郎は、おりんを見失った腹立たしさに塗れて役人たちを蹴散らした。


七化けのおりんが、役人たちとの昨夜の騒ぎに気付いていていなければいいのだが……。

平九郎は、おりんが騒ぎに気付いて身の危険を覚え、夜烏の弥十郎と逃げ去るのを恐れていた。

捜すしかない……。

平九郎は焦り、おりんを見失った辻にやって来た。そして、おりんが暗がりに消えた往来を進んだ。

往来には人が行き交い、左右には家並みが続き、突き当たりには甲府城が見えた。

平九郎は、界隈におりんの姿を捜しながら進んだ。

見廻りの役人たちがやって来た。

平九郎は、慌てて傍らの一膳飯屋に逃げ込んだ。


一膳飯屋は薄暗かった。

平九郎は、腰高障子の陰に潜んで外の様子を窺った。

見廻りの役人たちは、一膳飯屋の前を通り過ぎて行った。

平九郎は、小さな吐息を洩らした。

「隠れん坊かい……」

苦笑混じりの声が掛けられた。

平九郎は振り向いた。

右近と源内が店の隅で酒を飲んでいた。

「おお、御隠居、大将……」

平九郎は喜び、源内の酒を飲み干した。

「して平九郎、夜鳥と七化けの手掛かり、何か摑んだか……」

「ああ。昨夜、七化けのおりんを見付けてな」

「何だと……」

右近と源内は驚いた。

平九郎は、手酌で酒を飲んだ。

三

右近、平九郎、源内は、一膳飯屋の入れ込みにあがった。

「女壺振りのおりゅう……」

右近は眉をひそめた。

「大将、そのおりゅう、七化けのおりんに間違いないんだな」

「ああ。俺の眼に狂いはない」

平九郎は苛立った。

「じゃあ、巴屋の忠兵衛たちに何処に住んでいるか、訊いてみりゃあ良いじゃあねえか」

「馬鹿、もし忠兵衛たちと夜烏が裏で繋《つな》がっていたらどうするんだ」

平九郎は呆れた。

「そうか……」

「それで、後を尾行《つけ》て此の界隈で見失ったのだな」

「ああ。役人どもに邪魔をされてな。で、御隠居と万屋はどうなんだ」

「こっちは、夜烏の弥十郎が碁石金を狙って御金蔵破りを企んでいるのを摑んだぜ」

源内は、得意気に告げた。

「碁石金を狙って御金蔵破りだと……」

平九郎は眼を瞠《みは》った。

「うむ……」

右近は、平九郎に己と源内が摑んだ事を詳しく話し始めた。

甲府城の御金蔵は、本丸天守閣の背後の搦手門近くにあった。

御金蔵方の用部屋や詰所は御金蔵の隣りの建物にあり、桂木恭一郎や松田兵庫、坂上裕次郎たち金蔵同心が交代で詰めていた。

恭一郎は、組頭の兵藤典膳《ひょうどうてんぜん》に命じられて用部屋や詰所の掃除に励んでいた。

掃き掃除に雑巾《ぞうきん》掛け……。

恭一郎は、松田や坂上たちの嫌味や苛めにめげずに働いた。

天空海闊……。

恭一郎は、右近の言葉を思い出しながら忙しく動き廻った。

御金蔵奉行の部屋の前の廊下は黒光りをしていた。

「さあて、残るは此の廊下だけだ……」

恭一郎は腕を捲《まく》った。

御金蔵奉行は、甲府勤番支配に呼ばれて本丸に行っており、部屋の立ち入りは掃除といえども許されなかった。

恭一郎は、縁側に置いた手桶《ておけ》の水で雑巾を絞っていた。

御金蔵奉行の部屋の襖が開き、組頭の兵藤典膳が出て来た。

恭一郎は、咄嗟に柱の陰に身を潜めた。

兵藤は、緊張した面持ちで辺りを窺い、恭一郎に気付かず立ち去って行った。

恭一郎は、怪訝な面持ちで見送った。

如何に組頭の兵藤典膳といえども、御金蔵奉行の部屋に無断で立ち入る事は許されてはいない。

それなのに……。

恭一郎は、兵藤典膳に不審を抱いた。だが、所詮《しょせん》はお偉方の遣る事だ。

見ざる、聞かざる、言わざる……。

煩わしい事には拘わらないのが一番だ。

恭一郎は、猛然と廊下の雑巾掛けを始めた。


盗賊夜烏の弥十郎は、甲府城の御金蔵を破って碁石金を盗み出そうとしている。

右近、平九郎、源内は睨んだ。

御金蔵を破り、碁石金を盗み出した夜烏の弥十郎を捕らえてお上に突き出し、自分たちの身の潔白を明らかにする。

右近、平九郎、源内は、慎重に探索を始めた。

如何にやる気のない甲府勤番衆が警固する御金蔵でも、甲府城内にある限り破るのは難しい。

死んだ長兵衛は、甲府城の裏の何処かから城内に通じる穴を掘ったのかもしれない。そして、持っていた古い地図には、その場所が描かれていたのかもしれない。

だが、既に古い地図は弥十郎の手に渡っているのだ。

右近は、金蔵同心の桂木恭一郎から御金蔵の場所と警固の様子を訊き出す事にした。

平九郎と源内は、夜鳥の弥十郎の隠れ家を突き止める為、女壺振りのおりゅうこと七化けのおりんを見張る事にした。だが、おりんの居場所を突き止めていない限り、賭場に女壺振りのおりゅうが現れるのを待つしかないのだ。

城下外れの百姓家は、巴屋の三下たちが賭場を開帳する仕度をしていた。

平九郎と源内は、木陰に潜んで百姓家を見守った。

博奕打ちの甚八が百姓家から現れた。

「野郎、誰だい……」

源内は、甚八を示した。

「甚八って博奕打ちだ」

「よし、何処に行くか追ってみるぜ」

源内は、木陰を出て甚八を追った。

平九郎は見送り、開帳の仕度をしている百姓家に向かった。


甚八は、百姓家のある城下外れから足早に城下町に向かった。

貸元の忠兵衛のいる巴屋に行くのか……。

源内は追った。

甚八は、城下町に入って家並みの間の往来を進んだ。そして、往来の先にある辻を曲った。

源内は気が付いた。

辻を曲った先には、平九郎が逃げ込んで来た一膳飯屋がある。そして、平九郎が女壺振りのおりゅうこと七化けのおりんを見失った処でもあるのだ。

甚八は七化けのおりんの処に行く……。

源内は睨み、緊張した。


甚八は、裏通りに入って板塀の廻された仕舞屋《しもたや》に入った。

源内は見届けた。

仕舞屋には七化けのおりんと夜鳥の弥十郎がいるのか……。

源内は、仕舞屋を探る手立てを考えた。


百姓家は賭場の仕度を終えた。

「おい。今夜も女壺振り、来るのか……」

平九郎は、酒の仕度をしてる三下に訊いた。

「さあ、おりゅうの姐さんに関しては、貸元と甚八の兄貴が仕切っていましてね」

「そうか……」

「夏目の旦那。おりゅうの姐さんが、どうかしましたかい」

「良い女だからな。目当てに来る客も多いのだろうな」

平九郎は、意味ありげに笑った。

「そいつはもう……」

三下は、平九郎に釣られるように笑った。

「おりゅう、忠兵衛の貸元の身内なのか……」

「いいえ。姐さんは貸元の昔馴染の情婦《おんな》でしてね。こっちの都合通りにはいかないようですぜ」

「ほう、貸元の昔馴染の情婦か……」

おりゅうこと七化けのおりんの情夫《おとこ》は、盗賊夜烏の弥十郎だ。

となると……。

巴屋忠兵衛の昔馴染とは、夜烏の弥十郎と云う事になる。

弥十郎と忠兵衛は昔馴染……。

平九郎は知った。

仕舞屋には粋な年増《としま》が住んでいる。

源内は、酒屋の手代に小粒を握らせて聞き込んだ。

「その粋な年増、一人で暮らしているのかい」

「ええ。そうだと思いますよ」

手代は、小粒を固く握り締めた。

「そうか。じゃあ名前は知らないか……」

「いいえ。おりんさんです」

「おりん……」

源内は、いきなり出て来たおりんの名に戸惑った。

「いつだったか、酒を届けに行った時、座敷から台所にいるおかみさんを呼ぶ男の人の声がしましてね。おりんって……」

手代は笑みを浮べた。

「そうか、男がおりんって呼んだかい」

源内は、思わず笑った。

「はい……」

「じゃあ、その男、声からして歳《とし》は幾つぐらいだったかな……」

「五十歳ぐらいだと思いましたけど……」

「見た事はないのか……」

「ええ……」

「そうか……」

五十歳ぐらいの声の男は、おそらく夜烏の弥十郎なのだ。

夜烏の弥十郎は、他の処に潜んでいて時々おりんの住む仕舞屋に忍んで来ている。

源内は読んだ。

慎重な奴だ……。

源内は、夜烏の弥十郎の慎重さを嗤った。

仕舞屋の板塀の木戸が開き、甚八と髪を櫛巻きにした年増が出て来た。

源内は、物陰に潜んで窺った。

髪を櫛巻きにした年増は、七化けのおりんだった。

おりん……。

源内は、出掛けて行くおりんと甚八を追った。

「御金蔵ですか……」

夏目恭一郎は眉を顰めた。

「そうだ。ひょっとしたら御金蔵は、城内の搦手、裏の方にあるのではないかな」

右近は、恭一郎に訊いた。

「はい。城内の奥の本丸の傍、搦手門に近い処にあります」

恭一郎は、戸惑いながら頷いた。

「やはりな。して、警固はどうなっている」

右近は、長兵衛が甲府城の裏に通っていた処から御金蔵は搦手に近いと読んでいた。

「警固は、二人が一刻（約二時間）交代で戸口の立番をし、傍の詰所に組頭を入れて五人の金蔵同心が詰め、一刻毎に見廻りをします」

「都合七人か……」

「はい、七人一組で朝から日暮れ迄の昼番方。日暮れから翌朝迄の夜番方とあり、二組が五日交代で一ト月勤めます」

「じゃあ、今は……」

「来月から月番でしてね。それ迄、いろいろ雑用ですよ」

「では、来月から御金蔵の警固に就くのか……」

「はい」

「そうか。来月と云えば三日後だな」

御金蔵を破られた時、警固に就いていた者は厳罰に処され、下手《へた》をすれば切腹だ。

右近は、恭一郎に切腹はさせたくなかった。

「立花さま、御金蔵の警固が何か……」

恭一郎は、右近に怪訝な眼を向けた。

「いや。別に……」

右近は言葉を濁した。


日が暮れた。

百姓家に博奕の客が訪れ始めた。

三下たちは提灯《ちょうちん》を翳して客を見定め、賭場に誘った。

平九郎は、賭場の次の間に陣取り、酒を飲みながら訪れる客を眺めていた。

客が揃い、貸元の忠兵衛も胴元の座に着き、賭場が開かれた。

賭場は、一気に客の熱気に満ち溢《あふ》れた。

平九郎は見守った。

「大将……」

源内が戻って来た。

「おう……」

「甚八の野郎、おりんの処に行ったぜ」

「おりんの処……」

「ああ。お前が見失った処の近くに仕舞屋があってな。そこだ」

「やはり、おりゅうはおりんだったか……」

「間違いない。で、甚八と一緒に来たぜ」

源内は、湯呑《ゆのみ》茶碗に酒を注いで飲んだ。

甚八が賭場に入って来て、忠兵衛に何事かを囁《ささや》いた。

忠兵衛は頷き、胴元の座を代貸に任せて出て行った。

「ちょいと行ってくるぜ」

源内は、酒を飲み干して賭場の次の間から出て行った。

平九郎は、酒を飲みながら賭場を見守った。

「夏目の旦那……」

やって来た甚八が、素早く湯呑茶碗に酒を注《つ》いで飲み干した。

「忙しそうだな」

「へい。貸元が商売の手を広げるってんで何かとね。じゃあ……」

甚八は、苦笑しながら立ち去った。

「商売の手を広げる……」

平九郎は眉を顰めた。


縁の下には蜘蛛《くも》の巣が張り、鼠《ねずみ》や虫の死体が転がり、湿気が澱《よど》んでいた。

源内は、縁の下を這《は》い進んだ。

賭場の熱気と騒めきの下を抜けると、男と女の話し声が聞こえた。

源内は耳を澄ました。

「で、合鍵は手に入ったのかい」

野太い男の声の主は巴屋忠兵衛だ。

源内は睨んだ。

「ええ。漸く型が取れたので来月には……」

おりんの声がした。

「そうかい。じゃあ……」

「企て通りにやるそうですよ」

「分かった」

「じゃあ……」

おりんと忠兵衛が、座敷から出て行く気配がした。

源内は、縁の下から賭場の次の間に戻った。

その夜、おりんはおりゅうとして片肌を脱いで壺を振った。


盗賊夜烏の弥十郎は、甲府城の御金蔵を破って碁石金を盗もうと企てている。

「して源内、押し込むのは来月なのだな」

右近は念を押した。

「ああ。金蔵の鍵の型も取り、合鍵は来月に出来るそうだ」

源内は告げた。

「鍵の型、どうやって取ったんだ」

平九郎は戸惑った。

「さあな……」

「ひょっとしたら、甲府勤番衆の中に夜鳥の息の掛かっている者がいるのかもしれぬな」

右近は睨んだ。

「そうか。それにしても相手は甲府城の御金蔵だ。夜鳥の弥十郎と七化けのおりんの二人で出来る仕事じゃあねえな」

源内は首を捻《ひね》った。

「そいつなんだがな。巴屋忠兵衛が商売の手を広げるそうだぜ」

平九郎は、甚八に聞いた話を告げた。

「商売の手を広げる……」

右近は眉を顰めた。

「おそらく、夜鳥の片棒だ」

平九郎は読んだ。

「成る程、博奕打ちが盗賊に迄、手を広げる気か……」

右近は苦笑した。

「ああ。夜鳥の弥十郎と巴屋忠兵衛、昔馴染だそうだからな」

「どんな昔馴染やら……」

源内は嗤った。

「いずれにしろ、七化けのおりんと巴屋忠兵衛から眼を離さない方がいいな」

右近は睨んだ。

「ああ。で、夜鳥、長兵衛の掘っていた穴を使って城に忍び込む気かな」

「間違いあるまいが、その穴が城の裏の何処にあるかだ」

平九郎は、微かな苛立ちを滲ませた。

「ま、いざとなれば御金蔵で待ち伏せし、甲府勤番の眼の前で成敗して身の潔白を明らかにするしかあるまい」

右近は、不敵に云い放った。

月替わりが近付いた。

源内は七化けのおりんを、平九郎は巴屋忠兵衛をそれぞれ見張った。そして、右近は夜烏の弥十郎の息の掛かっている甲府勤番衆の割り出しを急いだ。

「妙な動きをする者ですか……」

恭一郎は、戸惑いを浮べた。

「うむ……」

「立花さま、何か……」

恭一郎は、厳しさを浮べた。

「実はな恭一郎どの、私を誑かしてお尋ね者にした盗賊の夜烏の弥十郎、甲府城の御金蔵の碁石金を狙っているかもしれぬのだ」

「な、何ですと……」

恭一郎は仰天した。

「それで、弥十郎は既に御金蔵の鍵の型を取ったそうなのだが、それは内通者がいない限り出来ぬ所業……」

「それで妙な動きをする者ですか……」

「うむ。心当たりないか……」

「そうですねえ……」

「恭一郎どの、御金蔵の鍵、普段は誰が持っているのだ」

「それは御金蔵奉行の高梨《たかなし》さまが……」

恭一郎は、そこ迄云って凝然とした。

「どうした」

「はい。過日、御奉行が留守の折り、御奉行の用部屋に入っていた者がおります」

「誰だ」

「それが、組頭の兵藤典膳さまです」

「組頭の兵藤典膳……」

「はい」

「そうか、組頭か……」

右近は頷いた。

「兵藤さまが盗賊に通じているとは。右近さま、如何致したら宜しいでしょうか」

恭一郎は呆れ、困惑した。

「騒ぎ立てず、兵藤の様子を見守るのだ」

「見守る……」

恭一郎は戸惑った。

「左様。誰にも報せずにな……」

「しかし、せめて御金蔵奉行だけには……」

恭一郎は狼狽えた。

「恭一郎どの、決して悪いようにはせん。私の云う通りにするのだ」

右近は微笑んだ。


七化けのおりんは、女壺振りのおりゅうとして巴屋忠兵衛の賭場に通っていた。

源内は見守った。

夕暮れ時に仕舞屋を出て賭場に行き、壺を振って帰る。

その間、おりんが夜烏の弥十郎に逢った様子は窺えなかった。だが、おりんと弥十郎が繋ぎを取っているのに間違いはない。
いつ何処で繋ぎを取っているのか……。
源内は、想いを巡らせた。

巴屋忠兵衛が、夜烏の弥十郎と逢っている様子はない。
平九郎は、忠兵衛を見張ってそう思った。だが、逢っていない筈はないのだ。
夜烏の弥十郎は、客として賭場に現れるかもしれない。
平九郎は、賭場を訪れる客に夜烏の弥十郎を捜した。だが、弥十郎は現れなかった。
平九郎は焦り、苛立った。

四

朝、甲府勤番衆は大手門を潜り、甲府城に出仕していた。
「あの男です……」

恭一郎は、大手門を潜って行く金蔵同心組頭の兵藤典膳を示した。

「組頭の兵藤典膳か……」

右近は、甲府城に入って行く兵藤典膳を見送った。

「では、兵藤の動きをな……」

「はい。では……」

恭一郎は、右近に会釈をして大手門に向かって行った。

右近は見送った。

金蔵同心組頭の兵藤典膳は、本当に盗賊夜烏の弥十郎の一味なのか……。

もし、睨み通りに兵藤典膳が御金蔵の鍵型を取ったとしたなら、盗賊夜烏一味に間違いはない。

だとしたら何故だ……。

右近は、兵藤典膳が盗賊夜烏の一味になった理由を考えた。

兵藤典膳は、己から望んで夜烏の一味に入ったのか、それとも弱味でも握られて引き摺り込まれたのか。

右近は、想いを巡らせた。

湯呑茶碗に注がれる茶は湯気を漂わせた。

恭一郎は、茶を淹《い》れながら詰所の奥にいる兵藤典膳を窺った。

兵藤は、心配事でもあるのか、厳しい面持ちで吐息を洩らしていた。

「どうぞ……」

恭一郎は、兵藤に茶を持って行った。

「うむ……」

兵藤は、吐息を洩らしながら茶をすすった。

松田兵庫と坂上裕次郎は、賑やかに笑いながら詰所に入って来た。

「松田、坂上……」

兵藤は、腹立ちを露《あらわ》にした。

「は、はい……」

松田と坂上は、兵藤の怒りに戸惑った。

「貴様ら出仕の刻限に遅れた上に馬鹿笑いをしながら入って来るとは何事だ。今日一日奉行所の掃除をしろ」

兵藤は、松田と坂上を怒鳴り付けた。

「ひょ、兵藤さま……」

松田と坂上は、いつもとは違う兵藤に驚き狼狽えた。

「黙れ」

兵藤は、手にしていた湯呑茶碗を松田と坂上に投げ付けた。

湯呑茶碗は茶を撒き散らせて飛び、壁に当たって砕け散った。

松田と坂上は、慌てて詰所から出て行った。

恭一郎たち同心は、身を固くして砕け散った湯呑茶碗の破片を片付けた。

兵藤は、足音を乱暴に鳴らして出て行った。

何がどうしたのだ……。

恭一郎たち同心は、いつもとまったく違う兵藤に戸惑い、顔を見合わせた。


仕舞屋に変わりはない。

源内は見張りに飽き、退屈そうに大欠伸《おおあくび》をしていた。

「変わった事はないようだな」

右近がやって来た。

「ああ。出掛ける先は巴屋の賭場だけ、後は家で大人しくしているぜ」

「弥十郎は現れないか……」

「賭場にも行き帰りの道にもな……」

源内は、欠伸混じりに頷いた。

「だが、おりんが夜烏と巴屋忠兵衛を繋いでいるのは確かだ。何処かで連絡を取っているのに間違いはない」

右近は告げた。

「ひょっとしたら夜烏、おりんがいねえ間に来ているかもしれねえな」

源内は読んだ。

「うむ……」

右近は頷いた。

金蔵同心組頭の兵藤典膳が、緊張した面持ちで足早にやって来た。

「万屋……」

右近は、源内を物陰に誘った。

「どうした、御隠居」

「金蔵同心組頭の兵藤典膳だ」

右近は、通り過ぎて行く兵藤を示した。

兵藤は、落ち着かない様子で辺りを窺って板塀の木戸を潜った。

「やっぱり夜鳥の一味か……」

「だとしたら、此処に来るのは止められている筈だ。それなのに来たとなると
……」

右近は眉を顰めた。

「よし。忍び込んでみるか……」

源内は、身を乗り出した。

「うむ……」

右近は頷いた。

源内は、板塀の木戸から仕舞屋に忍び込み、庭先に進んだ。

仕舞屋の座敷では、兵藤典膳がおりんに頭を下げていた。

れ」

「この通りだ。おりん、約束通り御金蔵の鍵型は取ったんだ。もう手を引かせてく
　兵藤は頼んだ。

「兵藤さま、私は構いませんが、女房を寝取られた弥平次《やへいじ》が何て云うか。それに今更、手を引いた処で鍵型を取ったのは兵藤さま。万一、お縄になったら兵藤さまも一蓮托生《いちれんたくしょう》……」

　おりんは、妖艶《ようえん》な笑みを浮べた。

「お、おりん……」

　御金蔵破りの一味と知れれば、死罪は免れない。

　兵藤は、恐怖に顔を歪めた。

「此処はもう押し込みが首尾良く終わるのを祈り、覚悟を決めて手伝うしかありませんよ」

　おりんは突き放した。

　兵藤は、項垂れるしかなかった。

「旦那、思い悩むのも明後日迄ですよ」

おりんは苦笑した。


巴屋忠兵衛は、長火鉢の前に座って酒を飲んでいた。

「貸元、夏目の旦那をお連れしましたよ」

平九郎が、甚八に伴われてやって来た。

「何だ、貸元……」

平九郎は、長火鉢の前に座った。

「夏目の旦那、一稼ぎしねえかい」

忠兵衛は、平九郎に徳利を差し出した。

「一稼ぎ……」

平九郎は、猫板《ねこいた》の上に置かれていた猪口を手にした。

「ええ……」

忠兵衛は、平九郎に酌をした。

「済まぬな。で、何をするんだ」

平九郎は、注がれた酒を飲んだ。

「盗賊の上前を撥《は》ねる……」

忠兵衛は、狡猾な笑みを浮べた。

「盗賊の上前を撥ねるだと……」

平九郎は戸惑った。

「ああ、押し込みを働いた盗賊を襲い、奪った金を戴くって寸法だ。どうだ、一口乗らないかい」

「面白い。乗ったぞ」

平九郎は笑った。

「ありがてえ……」

「で、撥ねるのはいつだ」

「明後日の夜……」

「分かった。ならば、明後日は朝から酒を控えておく」

平九郎は頷き、楽しそうに酒を飲み干した。

盗賊夜烏の弥十郎による甲府城御金蔵破りは、明後日の夜……。

「明後日の夜、来月の一日か……」

右近は、御金蔵破りが兵藤典膳の組が月番となる日だと知った。

「それで万屋、金蔵同心組頭の兵藤典膳はおりんの色仕掛けに落ちて仲間に入ったが、此処に来て悔やみ、怯えているのだな」

「ああ。どうやらそんな処だ。所詮は、山流しの小役人、おりんの江戸の白粉の香りには一溜りもなかったんだろうな」

源内は、兵藤典膳に同情した。

「哀れなものだな。で、大将、巴屋の忠兵衛、夜烏が盗み出した碁石金を横取りしようと云う魂胆か……」

「ああ。悪党同士。狸と狐の騙《だま》し合い、共食いの争いだ」

平九郎は嘲笑った。

「それにしても長兵衛の掘っていた穴ってのは、城の裏の何処にあるのかな」

源内は首を捻った。

「万屋。金蔵同心組頭の兵藤典膳を一味に引き摺り込んだ今、最早忍び込むのに穴は必要あるまい」

「じゃあ……」

「うむ。兵藤に手引きさせて忍び込めば良いからな」

右近は笑った。

「そりゃあそうだが、配下の金蔵同心が警固をしているとなると……」

「夜、御金蔵の立番は二人で半刻（約一時間）交代。残る者は半刻毎の見廻りだ」

右近は、恭一郎に聞いた警固状態を教えた。

「ならば半刻の間、御金蔵を護るのは立番が二人だけか……」

「左様。面倒なのは二人の立番だけだ」

右近は頷いた。

「御金蔵にしては警固が手薄だな」

源内は戸惑った。

「うむ。石垣と武士に護られた城の御金蔵と云えば難しく思えるが、町方のお店と違って人目も少なく、警固も決まり通りで却《かえ》って押し込み易いのかもしれぬ」

右近は笑った。

「人は石垣か。組頭の兵藤典膳が盗賊に内通したのは、まさに石垣の一つが崩れたようなものだな」

　平九郎は感心した。

「うむ……」

「で、どうするの。御金蔵で待ち伏せするの。それとも、巴屋の忠兵衛が上前を撥ねようって揉めた時、纏《まと》めて片付けるのかい……」

　源内は、身を乗り出した。

「さあて、どうする……」

　右近は笑った。


　月が替わり、甲府城御金蔵の警固は、桂木恭一郎と松田や坂上たち兵藤典膳の組が月番の夜番方となった。

　それは、夜烏の弥十郎一味の御金蔵破りの日でもあった。

　恭一郎は、昼過ぎに出仕して金蔵同心夜番方の仕度を始めた。

　夜番方は、暮六つ（午後六時）に昼番方と交代して翌朝迄勤める。

　昼間は何事もなく過ぎ、暮六つになった。

篝火《かがりび》は燃え上がった。

金蔵同心は夜番方に替わり、恭一郎は朋輩《ほうばい》と二人で御金蔵の立番の役目に就いた。

時は夜の闇に音もなく流れ、半刻は直ぐに過ぎていった。

組頭の兵藤典膳は、松田兵庫や坂上裕次郎たち配下を率いて見廻りをした。

恭一郎と朋輩は、立番を交代して見廻りをしながら詰所に戻った。


甲府城の裏手、搦手門は閉じられ、門前を通る者もいなかった。

右近と源内は、暗がりに潜んで搦手門を見守った。

夜の闇から四人の人影が浮かび、搦手門に駆け寄って来た。

「始まるぜ……」

源内は、まるで芝居見物でもするかのように声を弾ませた。

右近は苦笑した。

「うむ……」

四人の人影は、搦手門脇の潜り戸に張り付いた。

月明かりが、夜烏の弥十郎、七化けのおりんの顔を僅かに照らした。

「夜鳥の弥十郎と七化けのおりん。残る二人は誰かな……」

右近は眉を顰めた。

「巴屋の甚八と、夜鳥一味の常吉だ」

「常吉……」

「ああ。本所回向院門前の茶店の亭主だ。夜鳥が呼び寄せたんだろうな」

源内は読んだ。

戌の刻五つ（午後八時）を告げる寺の鐘が夜の静寂《しじま》に響き渡った。


御金蔵の立番は、松田兵庫と坂上裕次郎に交代した。

恭一郎と三人の金蔵同心は、組頭の兵藤典膳と共に見廻りをして詰所に戻った。

恭一郎は、兵藤の様子を見守っていた。

兵藤は落ち着きを失い、その様子は明らかにいつもと違っていた。

「厠に行って来る」

兵藤は、緊張に声を微かに震わせて詰所を出た。

恭一郎は、追って詰所を出た。

兵藤典膳は、厠に行かず搦手門に走った。

恭一郎は追った。

搦手門に詰めている番士はいなく、半刻毎の見廻りが来るだけだった。

兵藤は、周囲の暗がりを窺って見廻りが来ないのを見定め、搦手門脇の潜り戸の閂《かんぬき》を引き抜いた。

恭一郎は、暗がりに潜んで喉を鳴らして見守った。

兵藤は、潜り戸を開けた。

四人の盗賊が忍び込んで来た。

恭一郎は、我を失って呆然とした。

四人の盗賊は、兵藤に誘われて御金蔵に向かった。

続いて潜り戸が開き、右近と源内が入って来た。

恭一郎は、我に返って駆け寄った。

「御金蔵は……」

「こちらです」

恭一郎は、右近と源内を誘って御金蔵に走った。

篝火が爆《は》ぜ、火の粉が飛び散った。

立番の松田兵庫と坂上裕次郎は、御金蔵の階段に腰掛けて竹筒の酒を飲んでいた。

「元々、気の小さい奴だからな兵藤は……」

「ああ。ま、何があったかは知らないが、俺たちに当たらないで欲しいものだ」

松田と坂上は、組頭の兵藤典膳の様子が変わったのに首を捻り、苦笑しながら酒を飲んだ。

刹那、松田と坂上は、背後から頭を殴られて気を失い、階段から前のめりに倒れ込んだ。

夜鳥の弥十郎と常吉が、拳《こぶし》大の石を放り投げて現れた。

七化けのおりんが、御金蔵の戸口に走って扉の錠前に合鍵を差し込んだ。

夜鳥の弥十郎、常吉、甚八、兵藤典膳は見守った。

錠前が開いた。

常吉と甚八は、重い扉を開けた。

夜烏の弥十郎、常吉、甚八は御金蔵に素早く忍び込んだ。

七化けのおりんは、微かに震えている兵藤を促して続いた。


右近、源内、恭一郎は、暗がりから見守っていた。

「たわい無いものだな」

源内は、無様に殴り倒された松田と坂上を嘲笑った。

「綱紀が緩んでいる。そいつが甲府勤番のありようだ」

右近は、厳しく云い放った。

「はい……」

恭一郎は、恥ずかしさと悔しさに唇を噛んだ。

「で、どうする……」

「人を殺《あや》めぬ内は、遣るだけやらせてみるさ」

右近は苦笑した。

「ああ。ゆっくり見物しようぜ」

源内は頷いた。

僅かな時が過ぎ、御金蔵から夜烏の弥十郎が革袋を担いだ常吉と甚八を従えて出て来た。

おりんと兵藤が続いて現れた。

「革袋の中身は碁石金だな……」

源内は睨んだ。

「うむ。どうやら御金蔵は見事に破られたな」

右近は見定めた。

次の瞬間、夜烏の弥十郎は兵藤を斬った。

兵藤は、肩を斬られて倒れた。

「よ、夜烏……」

兵藤は、苦しげに弥十郎を見詰めた。

「心配するな兵藤の旦那、急所は外してある」

夜烏の弥十郎は、冷たい笑みを浮べて兵藤の刀を抜いた。

「な、何をする……」

兵藤は、恐怖に嗄《しゃが》れ声を震わせた。

夜烏の弥十郎は、兵藤の手に刀を握らせた。

「旦那は御金蔵破りに気付いて駆け付け、斬り合いになった。だが、多勢に無勢で斬られた。そう証言すれば、おそらくお咎《とが》めは軽く済むだろう」

弥十郎は、冷たく云い放ち、兵藤の血の滲んだ肩を踏み付けた。

兵藤は、激痛に顔を歪め、苦しく呻いて気を失った。

夜烏の弥十郎は、おりん、常吉、甚八に目配せをして搦手門に走った。

源内は追った。

「行くぞ」

「はい……」

右近は、恭一郎を伴って源内を追った。

篝火は、火の粉を夜空に舞い散らせて燃え続けていた。

盆茣蓙の上に碁石金が広げられた。

広げられた碁石金は、盆茣蓙を囲んだ燭台の明かりに光り輝いた。

巴屋忠兵衛は、涎《よだれ》を垂らさんばかりの顔で広げられた碁石金を見廻した。

「夜烏の、見事な碁石金だな……」

忠兵衛は、夜烏の弥十郎を見上げた。

夜烏の弥十郎、七化けのおりん、常吉は、甚八と共に賭場の開かれる百姓家に戻った。

百姓家で賭場は開かれておらず、巴屋忠兵衛と三下たちが待っていた。

「ああ。忠兵衛の貸元、いろいろ世話になった礼の印だ。半分取ってくれ」

夜烏の弥十郎は笑った。

「そいつは済まねえな、夜烏の。甚八……」

「へい……」

甚八は、三下たちに目配せをして碁石金を金箱に入れ始めた。

「おい、半分だけだぜ」

常吉は、甚八たちが半分以上の碁石金を金箱に入れているのに気が付き、声を荒らげた。

「静かにしな」

忠兵衛は、常吉を暗い眼で睨み付けた。

「お頭……」

常吉は身構えた。

「巴屋、何の真似だい」

夜烏の弥十郎は、殺気を含んだ眼で忠兵衛を見据えた。

次の間の襖が不意に開いた。

「よう。暫くだったな夜烏、七化けのおりん、それに常吉……」

平九郎が、次の間から笑顔で現れた。

「て、手前は……」

夜烏の弥十郎、七化けのおりん、常吉は驚いた。

「騙されてお尋ね者にされた恨み、遥々《はるばる》江戸から晴らしに来たぜ」

平九郎は、嬉しげに怒鳴った。

「漸く出て来たな、夜烏の弥十郎。もう逃がしはしねえぞ」

源内が、仕掛け槍《やり》を手にして戸口に現れた。

「夜鳥の弥十郎、七化けのおりん。お前たちを捕らえ、我らは己の身の潔白を明らかにする。大人しくするのだな」

右近は、続いて現れて笑顔で云い聞かせた。

「手前ら……」

夜鳥の弥十郎、七化けのおりん、常吉は怯んだ。

「な、何だ。何がどうなっているんだ。夏目の旦那……」

忠兵衛と甚八たちは、右近や源内の出現に困惑した。

「黙れ、巴屋忠兵衛。引っ込んでいろ」

「何だと手前……」

忠兵衛は狼狽えた。

「煩い」

平九郎は怒鳴り、胴田貫を抜き打ちに一閃《いっせん》した。

胴田貫は煌《きら》めいた。

巴屋忠兵衛の髷が斬り飛ばされ、盆茣蓙の上に転がった。

忠兵衛は悲鳴をあげて腰を抜かし、甚八と三下たちは怯んだ。

「手前ら……」

常吉は、匕首を振り廻して逃げようとした。

「馬鹿野郎が……」

源内は、仕掛け槍を振るった。

常吉は、弾《はじ》き飛ばされて倒れた。

夜鳥の弥十郎は、長脇差を抜いて右近に斬り掛かった。

右近は、抜き打ちの一刀を放って弥十郎の長脇差を叩き落とした。

弥十郎は怯んだ。

「これ迄だな、夜鳥の弥十郎……」

右近は、刀の峰を返して弥十郎の首筋を鋭く打ち据えた。

夜鳥の弥十郎は、右近を睨み付けたまま気を失った。

右近、平九郎、源内は、七化けのおりんを取り囲んだ。

「あらあら、女一人に三人掛かりですか……」

七化けのおりんは、匕首を置いて苦笑した。

「流石は七化けのおりん、潔いな」

右近は微笑んだ。

「旦那たちを騙したのが運の尽き、年貢の納め時だったんですねえ」

七化けのおりんは艶然《えんぜん》と微笑んだ。

右近、平九郎、源内は苦笑した。

家鳴りがして百姓家が揺れた。

巴屋忠兵衛と甚八は、激しく狼狽えて我先に逃げ出そうとした。

桂木恭一郎が、大勢の役人たちと共に雪崩《なだ》れ込んで来た。

「御金蔵を破った盗賊共。神妙に致せ」

恭一郎は怒鳴った。

百姓家は激しく揺れた。


盗賊夜烏の弥十郎、七化けのおりん、常吉は捕らえられた。そして、博奕打ちの貸元巴屋忠兵衛と甚八たちは、盗賊夜烏一味を手助けした罪で連座した。

金蔵同心組頭の兵藤典膳は盗賊を手引きした罪で切腹を命じられ、金蔵同心の松田兵庫と坂上裕次郎は役目不行届きで家禄を没収された。

立花右近、夏目平九郎、霞源内は、桂木恭一郎の尽力もあり、身の潔白を漸く証明出来た。

桂木恭一郎は、御金蔵破りの盗賊を捕らえた手柄で引き続き金蔵同心として役目を仰せつかった。

右近、平九郎、源内は、天下晴れて清廉潔白の身になった。

「さあて、これからどうする御隠居」

「うむ。江戸に帰るか、此のまま旅を続けるか。大将、おぬしはどうする」

「江戸も面白いが、旅も面白いな」

平九郎は笑った。

「万屋はどうだ」

「うん。もうちょいと先迄行ってみるか……」

源内は、眼を細めて街道を眺めた。

御嶽山を臨む街道には、旅人が行き交っていた。

甲州街道は、甲府を抜けて信州道中となって続く。そして、諏訪で中仙道と合流して京に続いているのだ。
街道の先には蒼穹《そうきゅう》が広がり、白い雲が浮かんでいた。
天空海闊……。
道は何処迄も続いている。

解説

細谷正充

本書のタイトルが『三匹の浪人』。そして作者の名前が藤井邦夫。これだけで、歓喜の雄叫びを上げてしまった。なぜか。理由を説明するためには、まず「三匹の侍」の話から始めなくてはなるまい。

「三匹の侍」は、一九六三年から六九年にかけて、フジテレビ系列で放送された、連続テレビ時代劇である（一九七〇年には「新三匹の侍」も放送された）。旅をする三人の浪人を主人公にした内容は、主役トリオの魅力と巧みなストーリーで大ヒット。殺陣《たて》等に効果音を入れるなど、プロデューサーで演出も担当した五社英雄のこだわりも話題になった。人気に押されて、一九六四年には、松竹で映画化もされる。これを監督したことにより、五社の映画監督の道が切り拓《ひら》かれることになった。

最高視聴率四二パーセントを記録した「三匹の侍」は、まさにお化け番組であり、長らく人々の記憶に残ったようだ。テレビドラマの制作陣にも、そのような人が多かったのだろう。一九八七年からテレビ朝日系列で、「三匹の侍」を意識した連続テレビ時代劇「三匹が斬る！」の放送が始まったのである。それぞれ、殿様・千石・たこの綽名《あだな》で呼び合う三人の浪人が、別々の旅をしながらも、事件に巻き込まれて集合。最後は三人一緒に悪を斬るというストーリーは、好評をもってお茶の間に迎えられた。微妙にタイトルを変えながら、一九九五年まで放送され、二〇〇二年にはリニューアル版も作られている。そんな「三匹が斬る！」の、メイン・シナリオライターのひとりが、藤井邦夫だったのだ。

藤井邦夫は一九四六年、北海道に生まれる。一九七〇年、東映テレビ・プロダクションに助監督として入社。助監督として働く一方、「特捜最前線」の脚本により、シナリオライターとしても活躍するようになる。「暴れん坊将軍」「水戸黄門」など、時代劇の脚本も多数担当した。そして二〇〇二年七月に刊行した『陽炎斬刃剣　日暮左近事件帖』で、文庫書き下ろし時代小説の世界に進出。以後、「知らぬが半兵衛手控帖」「秋山久蔵御用控」「養生所見廻り同心 神代新吾事件覚」「御刀番 左京之介」など、幾つものシリーズを抱え、文庫書き下ろし時代小説の人気を支える、重要な作家となったのである。

本書『三匹の浪人』は、その作者の手になる、文庫書き下ろし時代小説だ。しかもタイトルを見れば分かるように、シナリオライター時代の自家薬籠中のものである「三匹が斬る！」のテイストを、盛大に盛り込んでいる。

収録されているのは短篇四作。第一話「さらば、江戸よ」は発端篇だ。お人好しの立花右近。酒と女が好きな夏目平九郎。口の達者な万屋稼業の霞源内。江戸で暮らしていた三人の浪人は、七化けのおりんと呼ばれる女に騙され、市中引廻し中の盗賊・夜烏の弥十郎の逃亡の手助けをしてしまう。これにより、弥十郎の一味としてお尋ね者になった三人。身の潔白を証明するため、なんとか弥十郎とおりんを捕まえようとする。しかし、捕り方の目を盗みながら行方を追ったところ、ふたりは甲府へ向かった後であった。かくして浪人三匹も、甲府を目指すことになったのだ。

おりんが右近たちを騙す冒頭の場面で、浪人三匹のキャラクターを立てながら、作者は彼らがお尋ね者になり、江戸から甲府へ向かう過程を、軽やかに綴っていく。

テンポのいいストーリーで、シリーズの設定を読者に呑み込ませる、作者の手腕が鮮やかだ。これからどのような物語が繰り広げられるのか、早くもワクワクさせてくれるのである。

続く第二話「女郎坂」は、甲州街道を行く三匹が、車坂宿の騒動に巻き込まれる。といっても彼らは、一緒の旅をしているわけではない。それぞれ勝手に旅をしているのだが、なぜか騒動の渦中で集合。力を合せて悪を斬ることになる。ご存じの人も多いだろうが、これは「三匹が斬る!」の基本パターンだ。また、それぞれの経歴や言動から、立花右近を御隠居、夏目平九郎を大将、霞源内を万屋と、綽名で呼び合っている。これも「三匹が斬る!」を踏襲したものだといっていい。どのような経緯で本書を執筆することになったかは知らぬが、やるとなったらとことんやる。「三匹が斬る!」の魅力を、注ぎ込む。ここに作者のエンターテインメント・プロフェッショナルとしての心意気を感じることができるのである。

いや、それにしてもだ。お尋ね者になっているというのに、三匹の行動は野放図である。名前も顔も隠さず、己の思うままに行動しているではないか。だが、そこが堪《たま》らなくいい。袖振り合った人の涙は見逃さない。許せぬ悪だと思えば、相手の身分も立場も関係なく、豪快にぶった斬る。ヒーローの痛快なチャンバラに、胸がスカッとするのだ。

第三話「返り討ち」は、大月宿まで来た三匹が、仇討騒ぎに関わることになる。仇討の裏には意外な真実があり、騒ぎに乗じて目障りな人物を消そうとする権力者が暗躍する。例によって、別々に行動していた三匹だが、真に斬るべき相手を知ると、肩を並べて闘うことになるのだった。

さらっと書いているので見逃しがちだが、浪人三匹にエピソードを割り振り、それをひとつにまとめるプロットの妙味は特筆もの。しかもトリオという設定を生かして、主人公の対立構造を生み出している。誰と誰が対立するのかは、読んでのお楽しみ。勧善懲悪の展開も嬉しく、ページを繰るたびに気持ちよくなっていくのである。

そして第四話「御金蔵破り」で三匹は、ついに甲府に到着。弥十郎たちとの因縁に決着がつくのだが、これに甲府城の御金蔵破りを絡めたところが、物語のミソであろう。先の仇討ほどではないが、御金蔵破りも時代物の定番ネタ。石井輝男監督の映画「御金蔵破り」を始め、時代物の世界では、さまざまな〝御金蔵破り〟が描かれてきた。こうした時代物のあの手この手を、各作品に織り込んでいるところも、本作の注目ポイントといっていい。夫婦揃っていやがらせをされている、新参者の役人夫婦を登場させて、膨らみを持たせたストーリーも素晴らしいものであった。ラストに相応《ふさわ》しい、見事な作品だ。

ところで作者は、あるインタビューで、テレビの脚本と小説の書き方について聞かれたとき、

「全く別ものですね。シナリオは映像になって初めて完成する。制作に関わる人間も多いので、こちらの想いがそのまま映像にならないこともあるんです。小説は全部自分の責任ですから。ただ、映像が目に浮かぶものを書くことは考えています。感情を書かないで、動きでつないでいくとか、シナリオのカットバックの手法を使うこともあります」

と、いっている。シナリオの手法を生かしながらも、シナリオでは書けない想いが、小説には託されているのだ。ならば本書には、「三匹が斬る！」のシナリオで

は書けなかった想いが、込められているのだろう。事実、最初は「三匹が斬る!」のキャストを当てはめながら読んでいたのだが、途中からそんなことは忘れて、浪人三匹の活躍に夢中になった。ああ、そうだ。やはりこれは、小説の面白さだ。シナリオでは書き切れない、小説ならではの世界が拡《ひろ》がり、藤井邦夫の作家の面魂《つらだましい》が、雄々しく立ち上がってきたのである。

——文芸評論家